FRAG MENTADA

FRAGMENTADA

Tamyris Torres

Sarvier, 1ª edição, 2023

Revisão
Maria Ofélia da Costa

Impressão e Acabamento
Digitop Gráfica Editora

Direitos Reservados
Nenhuma parte pode ser duplicada ou
reproduzida sem expressa autorização do Editor.

sarvier

Sarvier Editora de Livros Médicos Ltda.
Avenida Moaci, nº 1543 – Moema
CEP 04083-004 – São Paulo – Brasil
Telefone (11) 5093-6966
sarvier@sarvier.com.br
www.sarvier.com.br

Dados Internacionais de Catalogação na Publicação (CIP)
(Câmara Brasileira do Livro, SP, Brasil)

Torres, Tamyris
    Fragmentada / Tamyris Torres. -- 1. ed. --
São Paulo : Sarvier Editora, 2023.

    ISBN 978-65-5686-044-2

    1. Abuso sexual – Ficção 2. Ficção brasileira
3. Transtornos mentais – Ficção I. Título.

23-170760   CDD-B869.3

Índices para catálogo sistemático:

1. Ficção : Literatura brasileira   B869.3
Cibele Maria Dias – Bibliotecária – CRB-8/9427

FRAG MENTADA

TAMYRIS TORRES

Escritora, Jornalista e Psicanalista. Diretora da A Casa da Mulher Escritora no Rio de Janeiro. Especializada em Gestão de Mídias Sociais e Jornalismo Esportivo. Idealizadora do Coletivo escre.VIVER no Estado do Rio de Janeiro.

1ª Edição

sarvier

Agradecimentos

Não poderia deixar de expressar a minha gratidão aos meus familiares e amigos por todo o apoio e incentivo que me deram na jornada de escrever este meu segundo romance: Yan e Fernanda, meus incentivadores, Amanda e Julia, sempre na torcida, Penha, Nysla, Reinaldo Jr, Drielly, Izabelly, Rayan e Kamilly. Foi com muito carinho e dedicação que me entreguei a esta tarefa, e não teria sido possível sem o amor e o suporte de vocês.

Escrever uma história que aborda temas intensos e necessários para nossa sociedade atual foi um grande desafio, mas também uma baita realização. Foi emocionante explorar estes assuntos e trazer à tona questões que muitas vezes são ignoradas ou negligenciadas pela sociedade, pelo Estado, por todos.

Saber que tenho uma família que me apoia e que se orgulha do meu trabalho é uma sensação indescritível. Espero que, ao lerem meu livro, vocês possam se emocionar tanto quanto eu me emocionei ao escrevê-lo.

Homenagem especial à minha sobrinha Drielly pela criação desta pintura (guache sobre canson) retratando Cleópatra recostada em uma amendoeira, sua amiga.

Prefácio

Esta história foi inspirada a partir de um caso clínico, um paciente que atendi por alguns anos e que faleceu, em 2021, de câncer. A cada sessão que tínhamos, ele vinha com uma identidade diferente e fazia questão de me avisar. *"– Olha só doutora, hoje eu sou... [fulano de tal], mas na semana que vem, quem vem é outro"*. De semelhanças, neste livro, somente as múltiplas identidades e o sonho de ser cantor. A ideia de escrever uma ficção veio com o quanto a história dele me fez pesquisar sobre psicose e múltiplas identidades. Não quis deixar de falar para tantos sobre a importância da saúde mental na vida de quem precisa dela, bem como a de seus familiares.

No Brasil, as questões envolvendo saúde mental são desafiadoras e complexas e têm sido objeto de debates e lutas há décadas. Historicamente, a atenção à saúde mental no País sempre foi marcada por um modelo de tratamento que priorizava a internação em hospitais psiquiátricos, muitas vezes em condições desumanas e degradantes.

A partir dos anos 1970, surgiram movimentos que questionavam esse modelo e lutavam pela humanização do tratamento e pela inclusão social das pessoas com transtornos mentais. A luta antimanicomial foi uma das principais expressões desses movimentos, que buscam (ainda hoje) garantir a dignidade e os direitos das pessoas com transtornos mentais. De lá para cá, foi criada a Política Nacional de Saúde Mental, que estabeleceu diretrizes para a organização da atenção à saúde mental no País. A política defende a desinstitucionalização e a construção de uma rede de serviços de saúde mental que priorize o acolhimento, o cuidado em liberdade e a inclusão social das pessoas com transtornos mentais. Para quem não sabe, o SUS (Sistema Único de Saúde) é o principal responsável pela oferta de serviços de saúde mental no País. Ainda cabe mais desenvolvimento porque existem desafios importantes a serem enfrentados, mesmo nos dias de hoje, como a falta de investimento e de profissionais em números suficientes para dar conta da demanda.

Confesso que só fui me orientar sobre essas informações quando precisamos, em casa, devido ao diagnóstico do sofrimento mental da minha mãe, que faleceu em 2019, e realizava seu tratamento no IPUB, Instituto de Psiquiatria da UFRJ. Ter escolhido me tornar psicanalista foi uma decisão que passou durante a minha análise pessoal, mas não tenho dúvidas que a escolha também se deu por ter visto minha mãe em surto, entre outros cuidados que foram necessários. Além disso, por ter cursado Comunicação Social, acompanhei a história da Publicidade e do Jornalismo no Brasil e é impossível não relacionar uma coisa com a outra: a estigmatização de pessoas com transtornos mentais é um problema nacional que foi agravado com desinformação. Muitas vezes, essas pessoas são vistas como perigosas, incapazes ou simplesmente ignoradas pela sociedade. Essa estigmatização estereotipada, graças aos meios de comunicação em massa, contribui para a exclusão social e dificulta o acesso ao tratamento, bem como à inclusão na sociedade.

Em resumo, ler sobre sexismo, abuso sexual infantil e transtornos mentais é importante por diversas razões. Primeiramente, são questões relevantes que impactam a vida das pessoas diretamente. Fragmentada fala sobre discriminação baseada no gênero, que pode levar a desigualdades e violências contra as mulheres. Desejo que a leitura deste livro possa ajudar a conscientização sobre a importância da igualdade de gênero e a luta contra o preconceito. Sem falar no racismo que Cleópatra, minha protagonista, apresenta durante toda a sua vida e demora para perceber o quanto isso a fez sofrer.

O abuso sexual infantil é um problema gravíssimo e que afeta muitas crianças em todo o lugar. A leitura deste tema pode ajudar a identificar sinais de abuso, entender suas consequências para as vítimas e contribuir para sua prevenção e combate. Por fim, a leitura de Fragmentada pode ajudar também a desenvolver empatia e compaixão pelos outros, contribuindo para uma sociedade mais justa e solidária. Apreciem a leitura.

Tamyris Torres
14 de junho de 2023

Introdução

Ela estava ofegante, correndo entre as árvores de um bosque úmido da chuva do dia anterior. Com os passos atabalhoados, tropeçou em um galho grosso e envolto com espinhos de uma roseira semimorta. Quando se deu conta, estava quase caindo de uma altura de 8 metros que dava para as instalações de uma fábrica abandonada. Foi nesse momento que Cleópatra percebeu que se não fosse o galho, mesmo com os arranhões que ganhou em suas pernas, teria caído e talvez, quem sabe, morrido com o impacto da queda. Para ela, o recado foi bem claro: às vezes é melhor sofrer uns danos superficiais do que algo mais sério, que pode custar a própria vida.

Garanhuns é uma cidade brasileira, localizada no Estado de Pernambuco, cercada por belas paisagens naturais, como a Serra do Havaí, a Cachoeira do Urubu e a Pedra do Cachorro, que oferecem excelentes oportunidades para atividades ao ar livre e turismo ecológico. É um município relativamente pequeno, também conhecido como Suíça Pernambucana. Isso porque lá bate graus negativos, pois é situada no planalto, a 842 metros acima do nível do mar. É o Agreste Meridional do País e fica a uma distância de 230 quilômetros da capital e é nesse lugar que mora Cleópatra da Silva e terra natal de Luiz Gonzaga, conhecido como "Rei do Baião". Gonzaga é um dos mais importantes músico brasileiro e é considerado um ícone da música nordestina.

Para o leitor ficou meio estranho perceber que o nome de nascimento dessa moça é Cleópatra? Talvez porque é um nome tão famoso que ninguém pensaria em colocar em um filho, com exceção de Carlos e Soraia, que quiseram nomear a própria filha com uma identificação histórica, pois, assim, ela jamais seria esquecida por quem a conhecesse. Eles desejavam um nome forte, pois, já que nasceu menina, era bom que fosse alguém que fez alguma coisa no mundo. Cleópatra jamais se identificou com esse nome e, logo que saiu da barra da saia e da calça de seus pais, tratou de mudar isso, escolhendo Dani Amorim como seu pseudônimo artístico.

Ela gostava de cantar e sempre fazia isso quando ninguém estava por perto. Isso porque seus pais não gostavam de cantoria pela casa, podendo assumir posturas abusivas se pegassem um de seus filhos cantarolando por aí. Certa vez, Cleópatra, lembra-se angustiada, tomou uma surra de cinto só porque estava balbuciando bem baixinho a canção de Alceu Valença, *La Belle de Jour*. Quando ela sentiu a primeira "cintarada" nas pernas, pensou que sua mãe tinha "ouvido de tuberculoso", pois jamais imaginaria que sua voz sobressairia ao barulho do chuveiro (ou que fosse seu talento), enquanto passava o sabonete e se aprontava para ir à escola. E por falar em educação, era algo bastante escasso na vida da moça. Ela precisava tomar conta dos seus cinco irmãos e só tinha tempo para estudar à noite, fazia questão apesar da falta de incentivo, pois, para seus pais, uma menina que se tornaria esposa e dona de casa, quando crescesse, não precisava desses luxos de educação. Somente os outros filhos, todos homens, mais novos e que se tornariam chefes de lares, no futuro. A artista da casa, que não podia apresentar sua arte, era mulher, a mais velha, e não quista pelos pais, que deixaram bem claro que eles estavam torcendo para que ela viesse menino. Cleópatra já sabia desde cedo o que era não ter amor para si. Talvez por isso, em seu sobrenome escolhido, "Amorim", rima com "Amor para mim". Era algo que essa pernambucana ansiava, mas que sentia ser um vazio que nunca fora completado por seus pais. Para ela, todo o amor ficou para os irmãos, meninos, que nasceram conforme Carlos e Soraia gostariam. Todos com nomes de homens que já realizaram algo no mundo: Napoleão, Alexandre, George, Olimpo e Afonso.

Sua vida não foi muito fácil. Nascida na periferia, não tinha muito o que comer, sem opções de almoço ou jantar, era o que tinha no prato e pronto. Costumava se lembrar com carinho e também tristeza dos festivais de inverno da sua cidade, pois além de ter comida farta e os feirantes se compadeciam de sua situação e a alimentavam, também tinha o palco onde os cantores e bandas se apresentavam. O sonho dela era cantar para seus conterrâneos. No entanto, parecia ser algo distante de ser realizado, já que os pais, se estivessem na plateia, certamente a arrancariam de lá à base de "chinelada" ou qualquer outro objeto que tivessem em mãos.

Nesses tempos de festejo, era comum a comunidade se ajudar e os mais necessitados recebiam cestas básicas e roupas de doação. Ela e seus irmãos ficavam por horas nas filas das igrejas tentando ganhar o que era possível. Carlos, apesar de aposentado por invalidez, devido a um câncer na laringe por manusear amianto naquela fábrica desativada, citada no começo desta história, gastava boa parte de suas economias com bebida. Isso deixava Soraia enraivecida e ameaçava constantemente abandoná-lo. Ninguém acreditava que isso seria possível um dia, até quando ela pegou uma bolsa de mercado, colocou suas roupas e foi embora sem contar para onde ia e o que faria a partir de então. Isso aconteceu meses após o festival terminar, quando Dani tinha completado 8 anos. Ela não disse adeus, não deixou uma carta. Simplesmente foi como se nunca tivesse existido. Foi assim que a filha mais velha de Carlos assumiu o lugar feminino da casa (de acordo com o raciocínio pequeno de seu pai) e, além de continuar levando os irmãos à escola, agora tinha de fazer comida, passar, lavar e deixar tudo pronto e arrumado para os homens da casa usufruírem do pouco conforto que tinham. Ela acabou precisando deixar a escola, mesmo que frequentasse à noite, pois não tinha mais força de vontade nem cabeça para os estudos, já que toda a sua energia de criança era depositada nos afazeres da casa. Era como se ela existisse para servir e o significado da sua vida fosse este.

O caso é que, com essa tragédia familiar, seu pai não se colocou mais brando nem com os abusos físicos nem com as bebidas. Sempre chegava em casa alcoolizado, batia em Cleópatra e às vezes confundia seu nome com o da sua mãe, chamando-a de Soraia. Era um sofrimento que ele não sabia superar e acabava descontando na única menina criança da casa. Por muitas vezes, ela era açoitada na cama, com chineladas e cinto só porque tinha esquecido de preparar o café da manhã ou acordava fora da hora de comprar o pão. Os vizinhos não se metiam nessa história, apesar de verem toda a situação complicada que a menina passava. Eles não queriam se meter com Carlos, pois era uma pessoa extremamente violenta, que ameaçava a todos, caso alguém fizesse algum tipo de denúncia. Como a cidade era pequena e todo mundo se conhecia, não bastava uma ligação anônima, eles tinham medo até das próprias paredes. A verdade é que ninguém queria meter a colher na briga de ninguém. Ele era pai, considerava-se viúvo, pelo menos era isso que falava para todo mundo, que Soraia estava morta e enterrada para ele, e devia saber o que estava fazendo para a educação de sua primogênita.

Posto tudo isso esclarecido ao leitor. Vamos começar a história de Cleópatra da Silva.

Conteúdo

CAPÍTULO 1 2

Nem todo mundo é pobre em Garanhuns

CAPÍTULO 2 20

Por longos anos, Cleópatra só foi Cleópatra

CAPÍTULO 3 32

Aqueles que não mencionamos

CAPÍTULO 4 42

Experiência com os delírios e as coisas reais

CAPÍTULO 5 54

Não foi por acaso

CAPÍTULO 6 62

O espelho fragmentado e a mensagem

CAPÍTULO 7 72

Reencontros

CAPÍTULO 8 82

Chão de terra batida

CAPÍTULO 9 88

O segredo é aceitá-la

Capítulo 10 102

O caminho de volta

Capítulo 11 110

Os artistas e os loucos bebem da mesma fonte?

Capítulo 1

Nem todo mundo é pobre em Garanhuns

Erguida entre sete colinas, dizem que Garanhuns é a Suíça Pernambucana pelo frio que faz. Suas terras foram ocupadas por negros e brancos que fugiram da sujeição dos holandeses. Infelizmente, a situação de ocupação de terra não se deu de forma justa e os brancos estabeleceram-se em aldeias, criaram palacetes e muitos negros foram escravizados. Homens de descendência suíça e holandesa dominaram o mercado e a indústria local, estabelecendo fábricas de tecido e de amianto, posteriormente. A principal fonte de renda da cidade era trazida pelas fábricas de tecido e de amianto, mas devido a diversos processos de ex-trabalhadores, que ficaram doentes, o empreendimento precisou ser descontinuado. Para muitas famílias que ganhavam o pão nessas fábricas, o resultado foi mais pobreza. Esse foi o caso de Carlos e Soraia, ambos trabalhavam nas fábricas e dali tiravam o sustento. De forma geral, Garanhuns é uma cidade de classe média alta. No entanto, quem está ali na periferia vivendo com o pouco que ganha em produções independentes de legumes e verduras mal conseguia abastecer a própria mesa. Foi assim que Carlos começou a beber descontroladamente. Viu-se sem saída quando se aposentou por invalidez e, mesmo ganhando o processo, perdeu quase todo seu dinheiro no bar.

Cleópatra e Soraia não tinham exatamente uma relação amigável entre filha e mãe. Sentindo-se desajustada naquela família, procurava não aparecer muito para não desagradar com sua presença, pois sempre tinha em sua mente que não saiu da barriga de sua mãe exatamente como seus pais queriam. Era para ter sido menino e por isso decepcionou todo mundo. Talvez, por isso, pensasse que jamais poderia cantar, afinal de contas isso era uma forma de chamar a atenção deles, que não queriam nem saber de ouvir a voz dela durante o dia a dia. Isso fez com que Cleópatra passasse uma infância calada, sem achar que tinha poder de falar qualquer coisa que acontecesse consigo.

Ao voltar os pensamentos no dia que estava ofegante e correndo pelo bosque, sentiu o corpo todo paralisar pela violência que tinha sofrido minutos antes de sair atabalhoada ao ponto de quase cair de uma altura de 8 metros. Ela estava fugindo de Moacir, um feirante de 45 anos, amigo de seu pai, que insistia em dizer palavras ofensivas a ela, quando seus pais não estavam olhando. Aquele dia em questão era dia de feira e todo mundo que trabalha vendendo legumes e verduras sabia que precisaria montar a barraca bem cedo para receber os clientes. Era de madrugada quando Cleópatra e seus irmãos se vestiram para pegar no pesado junto com seus pais e, enquanto a menina levava os alfaces para colocar na barraca, Moacir aproveitou para fingir que estava dando um abraço de bom dia para passar a mão por dentro da saia dela, que se viu apavorada com a situação e entrou direto para a cozinha de sua casa. Com uma reação estranha, mas sem falar nada, disse que queria beber um copo d'água e já ia sair para continuar arrumando os itens que seu pai havia colhido, em sua parca terra, para vender naquela semana. Ao sair novamente, tratando de ir junto com um de seus irmãos, viu Moacir a olhando de forma muito desconcertante, ajeitando um volume em seu *short*, por dentro de sua cueca. Ela não entendia bem o que era, mas estava se sentindo mal com aquilo tudo. A feira tinha sido boa aquele dia, pois terminaram com a barraca vazia e sua mãe já estava se programando para fazer um almoço delicioso para todos. A única coisa que Cleópatra precisava fazer era ir até a barraca de Dona Preta, uma senhora que vendia temperos e polpas de frutas, para trazer a fruta preferida da sua mãe: maracujá. Quando se deu conta, Moacir estava atrás dela, com a desculpa de ajudar com o peso. Mesmo apertando o passo e dizendo que não era necessário, o homem continuou se aproximando dela com as mãos dentro do *short*, parecendo que tinha algo para lhe mostrar. Com medo da situação, Cleópatra correu para o bosque na tentativa de despistá-lo, no entanto, seu abusador conhecia aquele lugar como a palma de sua mão e logo a achou escondida atrás de uma mangueira centenária, superconhecida na região. Ele a forçou a retirar a blusa que estava vestindo e abrir o zíper da sua saia, mas ela paralisou e só conseguiu dizer para ele não fazer aquilo, que ela era uma criança, não tinha nada ali que ele fosse querer. Mas, Moacir não quis ouvir e insistiu. Por sorte, o som de um cachorro passando por entre as folhas caídas no chão, chamou a atenção dele e ela pode sair correndo em direção qualquer para sair de perto de Moacir. Foi quando, então, ela escorregou no galho com espinhos, machucou a perna e quase viu a sua vida chegar ao fim, se tivesse caído no chão da fábrica abandonada. O velho abusador resolveu ir embora porque começou a chover e trovejar fortíssimo e ainda precisava guardar sua barraca, que a esta altura estava exposta sozinha ao lado de seu fusca azul. Pensou que teria uma outra oportunidade de concluir o que começara, já que eram vizinhos.

Cleópatra chegou em casa chorando e machucada. Para justificar a blusa rasgada, disse que caiu sobre um galho que tinha machucado a sua perna e que, com a queda, a blusa tinha grudado numa árvore e rasgou. Foi assim que perdeu o saco de maracujá também. Seus pais acreditaram e a história foi esquecida, pelo menos para eles, jamais para Cleópatra.

A partir daquele dia, ela se tornou ainda mais calada dentro de casa, passava mal todas as vezes que se recordava da cena e começou a desenvolver aversão às mangueiras, isso porque a fazia lembrar do dia em que quase foi estuprada pelo seu vizinho, alguém que ela conhecia e não imaginava tamanha maldade. Até passou a comer menos e desenvolveu uma certa apatia por cantar, mesmo que escondida. Carlos e Soraia entenderam que ela estava crescendo, passando a ser mais obediente e, para eles, estava tudo bem e como deveria ser. Só quando Carlos voltava para casa alcoolizado encontrava um motivo para bater nela, que as coisas mudaram de cenário. Cleópatra passou a revidar com força todas as tentativas de agressão do seu pai, até o dia que ele caiu e bateu com a cabeça na quina do sofá. Isso rendeu alguns pontos para ele e uma culpa que nunca mais deixou a menina sossegada. Sempre que podia, seu pai a lembrava que ela tinha tentado o matar e que estava enojado com a reação dela aos seus métodos educacionais. Seus irmãos cresceram achando que tudo isso era normal e não faziam questão de a respeitar. Eram "mini-Carlos" mandando e desmandando em casa, enquanto Soraia sofria descontroladamente com uma vida que não queria e sua filha sofria calada. Cleópatra tinha uma relação complicada com seus irmãos, brigavam por tudo e nunca conseguiam se entender. À medida que foram crescendo, a situação só piorou, pois sentia que era colocada de lado por qualquer um deles. Com o passar dos anos, os irmãos foram se afastando cada vez mais, até que chegaram ao ponto em que não se falaram mais.

Numa noite de briga entre o casal, Cleópatra completamente descompensada pelo que estava ouvindo, pois não queria que sua mãe fosse embora de casa e ela só sabia fazer essas ameaças quando os dois discutiam, começou a ouvir uma voz de mulher que parecia vir do quintal. Assustada com o que estava acontecendo, pensou que era sua vizinha para pedir alguma coisa, pois costumava solicitar um copo de açúcar ou sal quando o seu acabava. Ao abrir a porta da sua casa, constatou que a voz vinha da amendoeira que tinha no centro do seu quintal, mas ela não conseguia enxergar de quem se tratava. A voz dizia para ela assim: "Um dia você ainda será uma cantora muito famosa e vai sair dessa vida medíocre". Ao se convencer de que era alguém, mesmo sem saber quem, que queria ver a sua felicidade, começou a conversar com ela todos os dias. Cleópatra pegava um banquinho de madeira, feito pelo seu pai e ficava horas sentada embaixo da amendoeira conversando com uma pessoa que ela não via, apenas escutava. Quem tinha medo disso era sua mãe, pois acreditava que era obra do diabo, que sua filha estava vendo capetas e que precisava ser urgentemente rezada. Assim, chamou Dona Preta, que, além de ser vendedora de temperos e polpas de frutas, era uma rezadeira famosa em Garanhuns. Se seu filho estivesse com febre, constipação, entristecido, machucado, era só chamar por Dona Preta, ela vinha com seus conhecimentos ancestrais e resolvia tudo.

No auge de seu delírio, certa vez, Cleópatra disse que Dona Preta a nomeou de Dani Amorim, pois assim seria o seu nome de celebridade. Que todos tinham que parar de chamá-la de Cleópatra porque esse nome a estava deixando doente, era por isso que estava calada e não queria se relacionar com mais ninguém. Portanto, só atenderia, a partir de então, pelo pseudônimo Dani Amorim, a estrela nordestina. Ao ser questionada pela passagem, a rezadeira apenas disse para levar a menina ao psiquiatra, pois o que ela estava dizendo era chocante até mesmo para os espiritualistas. O pouco que conseguiu escutar foi a acusação de estupro de seu Moacir, que era um homem "tão bom" e apresentável no seio daquela cidade. Ele ajudava a todos com serviços gerais, era marido de aluguel, por isso não fazia sentido que ele fosse acusado de uma coisa tão séria dessa. Por ter dito isso, Cleópatra ficou dez dias de castigo, e todos os dias tomou uma surra de cinto por acusar um homem sério por tamanha crueldade. Seu pai costumava dizer a mesma frase enquanto os episódios de agressão aconteciam: "A culpa é sua!".

Cleópatra entrava em choque todas as vezes que apanhava e ouvia a frase "A culpa é sua". Passou a repetir com tanta frequência para si que acabou criando uma palavra nova, uma espécie de neologismo, que aparecia todas as vezes que entrava em colapso:

A culpa é sua
A cul é sua
Acul é sua
Acul sua
Acusua... Acusa

O verbo transitivo direto "**acusar**": atribuir falta, infração ou crime (a alguém ou si próprio) ganhou uma nova versão para Cleópatra que proferia "**acusa**" em uma alusão à frase que seu pai dizia quando a estava machucando e também como uma forma de dizer para si que, se ela estava apanhando, era porque tinha cometido um crime. "**Acusa**" passou a ser um grito de dor todas as vezes que se sentia coagida ou em perigo, acreditando ser a única culpada por isso.

O fato é que ela nunca recebeu os cuidados necessários e passou a ser vista como a doida de Garanhuns, que gostava de conversar com uma árvore, já que a fofoca teria ganhado a praça pública. Ela dizia que as árvores eram suas amigas, que elas a ajudaram a ser salva das mãos de seu estuprador e por isso que agora a natureza conversava com ela. Quando percebeu que todos da cidade estavam falando dela e a condenando de louca, mais retraída ficou e passou um tempo sem conversar com mais ninguém. Como já não ia para escola mesmo, fazia os trabalhos domésticos todos rapidamente e se colocava embaixo da sombra da árvore, sua amiga.

Quando a sua mãe tomou coragem e realmente saiu de casa, Cleópatra viu pela janela de seu quarto as pegadas da mãe e a sombra da sacola com roupas saindo pela porta da garagem. Ela sabia que não mais veria Soraia e isso a desestabilizou de forma inimaginável e mais dentro de seu mundo ficou. Nas semanas que sucederam sua perda, só conseguia repetir a frase: "**acusa, acusa, acusa**". Com o tempo, foi ficando mais capaz de lidar com o dia a dia e sua rotina.

O festival de inverno retornava à Garanhuns e ela estava pronta para mostrar sua arte para todos os moradores daquele local. Apesar da aparente contradição, seu mundo era cantar. No entanto, quando mais se aproximava desse mundo, mais reclusa ficava junto aos seus familiares. Ela já tinha preparado uma roupa para esse evento, que costurou em segredo, era um vestido que recebeu em doação uma vez, com brilhos dourados e uma capa de tecido TNT que ela fez questão de costurar estrelas prateadas e bordar. Quando seu pai foi dormir, cansado, por ter bebido toda a garrafa de cachaça que havia comprado, despistou os irmãos e saiu para o festival. Com 12 anos nessa época, não tinha a menor consciência do paradeiro da sua mãe, só que havia se mudado para o Rio de Janeiro e criado outra família, no bairro de Marechal Hermes. O principal grupo da cidade havia terminado sua última música e, com toda a coragem que não sabia que tinha, subiu ao palco e arrancou o microfone da mão de um dos organizadores, passou a mão nos cabelos, fez um movimento circular com seu pescoço, piscou três vezes e revirou o olho ao dizer: "**Prazer, Dani Amorim**", e começou a cantar a seguinte canção de seu artista preferido, Alceu Valença:

Recomeçando das cinzas
Eu faço versos tão claros
Projeto sete desejos na fumaça do cigarro
Eu penso na blusa branca de renda que dei pra ela
Na curva de suas ancas
Quando escanchada na sela

Para a surpresa de muitos, ela foi afinada e cantou brilhantemente bem. Os organizadores, ao reparar que ela estava agradando aos poucos presentes no espaço, deixaram-na continuar a música até o fim. Quando terminou os versos de Alceu, tudo o que Dani Amorim (Cleópatra) queria aconteceu: as pessoas que assistiram estavam aplaudindo em pé. Ela chorou no palco e saiu correndo para longe. Não entendia bem o misto de sentimentos, mas compreendeu que era o momento certo para ir embora dali e ganhar o mundo fora do Nordeste. Ela era uma estrela e queria o amor de todos os seus fãs que ainda conquistaria com sua trajetória de talento em uma cidade grande, como a do Rio de Janeiro. Na noite que antecedeu sua fuga, não se sabe se foi um sonho ou um delírio, Cleópatra estava envolvida em uma história que não tinha a ver com a sua: nela, seu pai vivia com uma madrasta em São Paulo. Ela nunca se deu bem com a madrasta e sentia muita falta da mãe, que havia deixado a família. Certo dia, Cleópatra decidiu que não aguentava mais a situação em casa e resolveu fugir. Seu objetivo era encontrar sua mãe no Rio de Janeiro, onde ela achava que poderia estar morando. Sem contar para ninguém sobre os seus planos, Cleópatra pegou suas coisas e saiu de casa durante a madrugada. Desorientada, após essa experiência e misturando as histórias, tomou coragem para deixar a casa do pai e passou as próximas horas decidindo como faria para sair de Garanhuns.

Não tinha muitos pertences para carregar, apenas alguns vestidos doados, uma escova de cabelo e uma bota que estava meio gasta, mas dava para chegar até o Rio de Janeiro e procurar por sua mãe no bairro de Marechal Hermes. Não parecia ser difícil, pensara.

Quando eu chegar lá e a minha mãe ver que eu estou crescida, ela vai sentir saudades e iremos nos conectar novamente. Certamente vai me convidar para morar em sua nova casa, que deve ser mais bonita que a nossa antiga, resmungava durante a partida do ônibus que saíra da rodoviária da cidade e faria algumas paradas até, finalmente, chegar no Estado do Rio.

Achou estranho não precisar comprovar sua idade, pensou que ninguém ligava para ela mesmo, então não seria esse o problema para sair dali. Apenas tomou o cuidado de não ficar muito evidente dentro do ônibus, afinal roubara o dinheiro da cachaça do pai para conseguir comprar a passagem e, além de estar sozinha, era menor de idade e não queria ser descoberta. Cerca de um dia e 23 horas era o que a separava de sua mãe, sonhava acordada. Durante o trajeto, o transporte fez diversas paradas para abastecer e ela poupou as descidas para não correr o risco de alguém perguntar o que estava fazendo ali, sem responsáveis por perto. Guardava, em sua mochila, biscoitos, pães e frutas que pegou da dispensa de casa e dois litros de água, para em casos de extrema sede. Não sabia exatamente o que aconteceria consigo dali em diante. A única coisa que tinha de concreto para encontrar sua mãe era um número de telefone, que roubou de Dona Preta, em segredo. Uma pista do paradeiro da sua mãe, já que as duas eram amigas de longa data e às vezes se comunicavam. Ela nem sabia se a tentativa de ligar para sua mãe daria certo, mas, entre procurar uma agulha no palheiro e tentar falar com Soraia por telefone, achou que era melhor discar aqueles números em um orelhão, durante uma parada. Para sua surpresa, um homem atendeu e perguntou quem era. Cleópatra explicou que precisava falar com Soraia urgentemente e assim foi feito.

Ao telefone, estarrecida, a mãe perguntou:

Não acredito que é você, Cleópatra. Como foi que me achou aqui? A Dona Preta não conseguiu se conter, não é mesmo?

Não, mamãe. Eu peguei o número dela e acredito que até agora não sabe de nada. Ninguém sabe que eu fugi e estou indo te encontrar em Marechal Hermes.

Como é? Você sabe onde eu estou e está vindo para cá? Mas, eu não posso cuidar de você, não agora. Eu não consigo ter mais alguém aqui em casa.

Mãe, não faça isso comigo. Eu estou dentro de um ônibus indo para o Rio de Janeiro. Eu estou fazendo isso porque te amo e meu pai ficou pior com a sua partida. Ele disse para todo mundo que você morreu e senta a mão em mim todos os dias. Eu estou cansada disso, mamãe.

Tudo bem, Cleópatra. Venha e vejamos o que acontece, eu vou precisar perguntar para o meu marido. Eu vou arranjar um lugar para você morar, dormir e trabalhar. Aqui no Rio a pessoa tem que se virar, não cai tudo do céu não. Você já está bem grandinha para se virar, estou vendo. Até sair da cidade já consegue.

Tá bom, mamãe. Eu não tenho medo de trabalho.

Foi só o tempo de Cleópatra anotar o endereço da casa de sua mãe e o tempo de o orelhão acabar. Pelo menos, agora tinha algo de concreto em mãos e sabe exatamente onde encontrar Soraia. Estava perfeitamente feliz, dormiu quase a viagem toda, até perceber que estava no Rio de Janeiro, passando pela Rodoviária Novo Rio. Fim de linha. Dali para a frente era descobrir como sair do centro da cidade e ir direto para Marechal Hermes. Por sorte, perguntou para alguns guardas da rodoviária, que explicaram mais ou menos como ela precisava fazer e que ônibus pegar. Com o pouco de dinheiro que sobrou, conseguiu pegar o transporte certo até chegar próximo aos arredores da Vila Militar e assim, então, parar em Marechal Hermes. Um bairro pacato, bucólico e com uma estação de trem bastante bonita, achou. Alguns comerciantes locais mostraram para ela o local exato da rua que Soraia dissera para sua filha, até que, ao ouvir o som da campainha tocar, a mãe reencontra a filha.

Não é que você realmente apareceu?

Oi mãe, deixa eu pelo menos dormir essa noite aqui. Eu arrumo a casa toda para você. Depois você me mostra onde eu posso morar, vai ser perto da senhora?

Entre, Cleópatra. Não sou nenhuma desalmada. Você poderá ficar aqui por alguns dias, já conversei com meu companheiro. Ele entende a situação. E depois, eu também me arrependi de ter deixado você nas mãos deles...

Ah, então deve ser um homem muito bom. Como ele se chama?

Jorge Alberto. Ele é dono de uma loja de colchões e estamos juntos há algum tempo. Ele resolveu me assumir depois que engravidei.

Que ótima notícia, mãe. Eu terei mais um irmão.

Na verdade, você já tem um meio-irmão. Jorge Alberto Jr. Ele está quase se formando em Administração de empresas e vai assumir junto com o pai todo o trabalho com a loja. Ele é uma figura muito esperta, respeite todos que você conhecer por aqui, Cleópatra. Não estamos mais em Garanhuns. Aqui, as pessoas exigem respeito e querem receber tudo em troca, pelo o que faz por você. Então, saiba que a estadia aqui terá um preço. Estou mesmo precisando descansar um pouco com essa gravidez, então você vai poder me ajudar com os afazeres de casa.

Tudo o que você precisar, mamãe. Mas, só lhe peço uma única coisa em troca, além de abrigo e comida. Eu preciso trabalhar fora para conquistar o meu sonho de cantar.

Ainda com essa ideia estapafúrdia? Entre, entre! Depois conversaremos sobre isso. Tem uma sopa pronta e quente lá na cozinha.

A casa que sua mãe arranjou para viver não era nada mal. Tinha dois andares, os quartos ficavam no segundo, enquanto no primeiro, além do quintal, a sala, a cozinha e uma varanda perfeita para tirar uma sesta, pós-almoço. Era encantadora a decoração da casa, Cleópatra percebeu que sua mãe venceu na vida, que jamais teria essa oportunidade lá em Garanhuns com seu pai sendo uma pessoa tão má. De certa forma, entendeu a sua mãe e o abandono, apesar de dolorido, estava ficando menos latente, depois que Soraia resolveu abrigá-la novamente e ainda falou que se arrependeu. Ela tinha prometido que jamais contaria o paradeiro de sua mãe para os irmãos e muito menos para o pai e, em troca, ela poderia conseguir um trabalho, ajudar com as contas de casa, além de arrumar tudo, fazer a comida e garantir que sua nova família estivesse sendo bem tratada.

E foi exatamente isso que aconteceu, apesar da idade de Cleópatra. Em pouco tempo, havia se tornado uma ótima vendedora de colchões e sabia como convencer as pessoas a comprarem os itens mais caros da loja de seu padrasto. Ela havia caído nas graças dele e tudo parecia ter encaixado a partir daí e não precisou procurar outro lugar para morar. Cleópatra havia até esquecido que sua melhor amiga, um dia, foi uma amendoeira e há muito tempo não delirava mais. Agora tinha amigos de verdade, conseguiu concluir os estudos, os anos se passaram, até que completou 19 anos. Com os pensamentos mais ou menos organizados, deixou seu passado de tormenta para trás. Com exceção de namorados, pois fazia questão de não os ter. Com medo de se relacionar com alguém, pelas lembranças que Moacir trazia, sempre que tentava aquiescer o pedido de algum pretendente Cleópatra se sentia mal e desistia. Então, entendeu que seu destino era ser sozinha, como o de qualquer *pop star* que estava prestes a fazer muito sucesso e sua maior meta de vida era essa.

Agora com idade para sumir de casa sem avisar e chegar a hora que quisesse, desde que todos seus afazeres estivessem em ordem, Cleópatra começou a procurar trabalho de cantora em bares da cidade. Ela queria provar para todo mundo que ainda seria muito famosa com seu talento e, certamente, não era vender colchões a vida toda. Mesmo muito agradecida por tudo que obteve durante esses anos, apesar de o relacionamento com a mãe não ser tão próximo assim, ela percebeu que teve uma pintadinha de arrependimento de Soraia e não foi à toa que a permitiu a ficar na sua nova casa com sua família recente, sem falar que o bebê que ela estava esperando morreu no parto e isso deixou mãe e filha mais próximas.

Cleópatra tinha mais motivos para agradecer do que reclamar. O trabalho era extenuante sim, mas qual mulher não precisava labutar forte se quisesse se sustentar nesse mundo, principalmente no Rio de Janeiro, uma capital onde ninguém parecia se conhecer e todos precisavam ganhar a vida para sobreviver? Era assim, afinal de contas, que a vida seria? Depois de tanto trabalho, sem nenhum prazer? Justamente por isso que Cleópatra não se dava por vencida e mesmo, em meio a tanto cansaço, saía à noite em busca de lugares que a aceitassem como cantora.

Não foi nada fácil até conseguir um primeiro bar. Isso aconteceu lá no centro da cidade, mais precisamente na Rua Ceará. Para quem não conhece, reduto de prostitutas e casas de *shows*. A Vila Mimosa é uma das mais famosas áreas de prostituição da cidade do Rio de Janeiro e, por isso, tinham muitos bares ali perto. Não que Cleópatra pretendia mudar a rota de sua vontade, mas havia preços que precisavam ser pagos se ela quisesse começar de alguma forma. Não, não. Ela não se prostituiu, mas teve que lidar com muitas situações embaraçosas, até mesmo investidas de homens e abusos desses mesmos homens. Não demorou muito para a talentosa cantora perceber onde foi que se meteu. Em poucos dias trabalhando no Bar das Meninas Malvadas, foi confundida com as prostitutas do local e levada para o banheiro por dois homens, como se isso fosse uma justificativa para os abusadores cometerem covardia com mulheres.

Foi uma cena de terror absoluta. Se não fosse os gritos de uma das dançarinas da casa, Cleópatra teria sido violentada ali mesmo, pois os homens não estavam acreditando que a cantora do Bar das Meninas Malvadas não poderia também entrar no clima e vender seu sexo por dinheiro. Por sorte, havia alguém para gritar por ela e, assustados, os abusadores partiram, deixando-a jogada no chão e com parte da roupa rasgada. Aquele momento de tensão foi o suficiente para Cleópatra se chocar e lembrar de tudo que havia deixado para trás, quando foi embora de Garanhuns. As cenas do dia do horror vivido com Moacir e seu pai se entrecruzaram com as cenas da noite presente, com esses homens tentando forçar algo que ela não queria. Ela não conseguia sair do chão de tanto que chorava e repetia, em choque, a palavra: "**acusa, acusa, acusa**". A dançarina salvadora tentou reanimá-la algumas vezes ao dizer que eles não conseguiram o que queriam, mas, no entanto, ela só pensava que não aguentaria mais uma vez viver com esse trauma e ser uma cantora famosa ao mesmo tempo. As coisas não poderiam se encaixar assim porque ser cantora era sinônimo de felicidade e a sua vida, deixada para trás, era o mesmo que estar em uma melancolia sem fim. Foi exatamente nessa hora que Cleópatra ouviu uma voz familiar sair da torneira junto com a água que serviu para limpar o seu rosto de tanto chorar. Quando mirou o espelho, viu sua amiga amendoeira atrás dela, em formato de mulher, mas com galhos e amêndoas por todos os lados. Assustada, pensou que estava ficando louca de novo porque não era possível estar vendo uma amendoeira falante. Mas, sua vontade de ser cantora era tão grande quanto qualquer maldade que fizeram com ela naquele momento. E tudo o que conseguiu ouvir foi a sua amiga amendoeira avisando para pegar outra roupa do armário e se preparar que sua hora estava chegando e teria que subir no palco para cantar. Não era por causa de dois homens que ficaria sem conquistar seu desejo narcísico ao satisfazer seu sintoma enquanto elemento traumático: cantar.

Subitamente mexeu com a cabeça em movimento circular duas vezes e passou as mãos nos cabelos e piscou três vezes, como se fosse mudar de humor para encarar de frente o seu desejo. Notou que precisava de outras roupas e resolveu pedir uma emprestada para a mais nova amiga que fez. A dançarina tinha nome, ao menos um inventado: Brigitte, e também tinha uma empatia extraordinária, pois nem pensou duas vezes em emprestar o vestido mais bonito que tinha em seus pertences. Quando Cleópatra entrou no palco, não era mais Cleópatra e sim Dani Amorim: supermaquiada e com uma desenvoltura extraordinária, Brigitte comentou com o bartender sobre como ela era uma verdadeira artista, pois tudo o que acabou de acontecer com ela foi motivo suficiente para sair daquele lugar e nunca mais voltar. Mas, surpreendentemente, a jovem cantora não só cantou com todo o seu talento, mas também com a potência da sua força, muito aquém do que Cleópatra poderia comportar. Era necessário se dividir em duas para ganhar território, ao menos era isso que a amendoeira falante dizia ao pé do sua orelha o tempo inteiro: Cleópatra e Dani Amorim têm comportamentos incompatíveis para sobreviver a essa selva, seria necessário mudar, pois nada poderia ameaçar sua estabilidade enquanto estivesse nos palcos. Era preciso separar a personalidade das duas para se ter subunidades mais estáveis e capazes de viver em harmonia.

Dani Amorim estava esplêndida, tanto que, se alguém perguntasse sobre seus algozes violentadores, ela jamais poderia dizer, pois suas defesas adaptativas a estavam preservando para que este trauma não voltasse, não pelo menos enquanto seu número não acabasse. Ela estava preocupada em fazer o seu melhor, como se ao passar a mão no seu cabelo, piscar e mexer o pescoço a tivesse transformado na pessoa que ela sempre quis ser, como em uma espécie de passe de mágica. De uma hora para outra, Dani não era mais a frágil Cleópatra, era a mulher de que somente, e até então, a amendoeira conhecia, e que agora estava na hora de apresentá-la ao mundo, ou pelo menos naquele lugar. Tudo o que ela tinha eram três músicas para agradar os donos do estabelecimento, bem como seus clientes. Escolheu como repertório "Chão de Giz", de Zé Ramalho, "Ela é puro êxtase", de Barão Vermelho e "Aquarela Nordestina", de Luiz Gonzaga. Dani não teria feito escolha melhor, pois a plateia aplaudiu todas as *performances* dela, achando que sua dança e seu cantar eram um conjunto sensual que aquele espaço estava precisando. Ela foi à loucura quando pediram para ela cantar mais uma música e, então, lembrou-se do quanto era bonita a música de Ivete Sangalo: "Quando a chuva passar".

Ao fim, quando os novos fãs pararam de assobiar para a cantora que estava nascendo, Brigitte aproveitou para lhe dizer algumas palavras: *Menina, você é muito guerreira, eu não acredito que você passou por cima daquilo tudo o que aconteceu no banheiro e subiu lá no palco para fazer essa apresentação. Ficou muito bom. Eu estou chocada, até para mim que conhece a vida, então por isso que te digo, você tem a força!*

Dani Amorim não entendeu bem o que aquela completa desconhecia estava falando, mas tentou ser gentil com seu público e a beijou no rosto com um sorriso largo e se voltou para a sala do gerente para pegar o seu cachê (Cleópatra a conhecia, já Dani, não). Ao chegar, além de ser parabenizada pelo que fez naquela noite, recebeu 10% a mais do combinado para que voltasse na semana que vem e com mais três músicas em seu repertório. Dani não poderia estar mais feliz! Saiu pela rua Ceará saltitando e cantando, com os braços cortando o vento, os cabelos em movimento, não percebeu que estava levando, em seu corpo, o vestido emprestado e as marcas de uma violência que não fazia ideia. Não demorou muito tempo para perceber que não sabia onde estava e se pôs em pânico ao perceber que estava sozinha e sem a menor noção do que fazer. Tomou um ônibus perto do Maracanã, depois de andar alguns metros, pagou a passagem e sentou-se sozinha em uma das poltronas do transporte. Ela só queria sair dali, estava confusa por ter tido a melhor noite da sua vida, porém não sabia onde morava e o que precisava fazer para chegar em casa. Certamente teria alguém à sua espera, mas não sabia quem. Não se recordava se tinha pai, mãe, irmãos ou até mesmo um marido esperando-a com uma sopa quente. Dani começou a chorar e as pessoas que compartilhavam do mesmo ônibus não quiseram ajudar, pensaram que já passaria a bebedeira e que um novo dia seria o suficiente para que ela se recuperasse. Do jeito que estava, Dani adormeceu e foi até o ponto final assim, dormindo. O motorista precisou acordar a moça, que, cambaleando, foi descendo o degrau sem saber o que estava fazendo no bairro de Campo Grande.

Apesar de não saber como foi que ela chegou a este bairro, ao acordar, já não era mais a cantora Dani e se deu conta que Marechal Hermes era bem longe dali e que sua mãe, mesmo não se importando muito, poderia estar preocupada com seu paradeiro. Tratou de ligar para avisar que dormiu na casa de uma amiga e que estava tudo bem. Soraia se conteve em avisar que precisava voltar rápido para seus afazeres e tarefas com a casa. Ao desligar o telefone, deu-se conta que voltou a ser a melancólica Cleópatra. No entanto, mesmo não sabendo como foi que conseguiu aquele vestido, com algum esforço, lembrou-se de tudo, tempo depois, desde a tentativa de estupro no banheiro até sua presença no palco, cantando e todo mundo aplaudindo. Era uma situação estranha, pois sabia que conversava com sua velha amiga amendoeira, mas agora ela não estava lá para ajudar com todas as lembranças. Sua mente parecia estar fragmentada. Ao mesmo tempo que lembrava de cenas e situações, esquecia-se de detalhes importantes como a roupa e as músicas que cantou. Mas, uma coisa não olvidou: a plateia aplaudindo e pedindo mais!

Ao chegar em casa, tentou se explicar e ninguém deu ouvidos. Estavam todos ocupados com seus trabalhos, preparando-se para saírem e seguirem suas rotinas. O padrasto estranhou as roupas, mas não quis perguntar nada. Em pouco tempo era só ela em seu quarto e o mais absoluto silêncio. Caiu no sono mais uma vez.

Capítulo 2

Por longos anos, Cleópatra só foi Cleópatra

Seria mais um dia comum vendendo colchões se não fosse o cliente que Cleópatra atendeu àquela tarde. Não o reconheceu, porém, ele afirmou que viu sua *performance* em uma casa de *show* perto do centro da cidade. Em um primeiro momento, a artista se assustou, mas logo relaxou porque não tinha nada a esconder. Ela saía sempre à noite depois que terminava todos os seus afazeres da casa, então não tinha motivo algum para seu padrasto ouvir escondido no balcão, como estava fazendo. Quando ela se deu conta, sua agenda de sexta e sábado estava totalmente tomada com *shows* em bares e ela estava ficando conhecida. Quem diria que na loja de colchão onde trabalhava apareceria alguém que a reconhecesse como a cantora Dani Amorim. Foi um motivo para Cleópatra se alegrar, algo que não era tão comum assim. O homem comprou o colchão, foi para a casa mas não antes de perguntar o número de telefone dela. Deu, relutante, pois relacionamento estava fora da sua meta de vida. Mas, quem sabe pudesse conversar com alguém, fazer amigos e conhecer gente nova? Ao entregar o cartão, avisou que teria outro *show* nos Arcos da Lapa, uma roda de samba perto da pizzaria mais conhecida do local. Acreditando que foi uma investida da cantora, Eduardo foi até o lugar onde combinaram, no entanto, ao chegar, foi informado que a apresentação tinha sido cancelada.

Naquela noite, ao se arrumar para chegar cedo à Lapa e organizar tudo para seu momento especial, Dani/Cleópatra teve um desmaio e ficou desacordada por um tempo, até que sua mãe a encontrou no quintal de casa. Assustada com o que estava vendo, Soraia pegou sua filha nos braços e aos poucos ela foi reanimando.

Meu Deus do céu, o que foi que aconteceu? Você foi assaltada, entrou algum bandido aqui em casa e te derrubou?

Não, mamãe. Eu não sei o que houve, mas não tem ninguém em casa além de mim. Eu acho que a minha pressão baixou. Eu estava saindo para a minha apresentação.

É muita coisa para você fazer, você trabalha com seu padrasto, em casa e ainda quer ser cantora. Você está estafada, não percebe isso?

Acho que sim, mas eu não tenho escolha. Eu vou ser cantora custe o que custar.

Com esse desfalecimento, conseguiu a atenção e o carinho da sua mãe, o que ela gostava bastante, já que não ocorria com tanta frequência e, além disso, afastou todo o perigo de se encontrar com aquele homem, não sabia o que estava na cabeça quando marcou com ele no dia da sua apresentação. Até parece que arranjou esse desmaio para conseguir duas coisas que queria de uma vez só: a atenção da mãe e se afastar de homens.

Soraia lhe fez uma canja de galinha com um copo de suco de maracujá. Era tudo o que ela queria, o sabor dos momentos felizes de sua infância. Ao terminar a tigela, pediu mais uma vez e as duas adormeceram juntas de frente para a televisão.

No dia seguinte, com a mesa de café da manhã já posta, sua mãe a chamou para tomar o café e lhe disse ao pé da orelha que ela poderia ajudar um pouco na lida da casa para ter mais tempo para se dedicar ao canto. Uma lágrima escorreu pelo seu rosto e as duas se abraçaram.

Talvez com o passar do tempo e com o amadurecimento, sua mãe teria finalmente percebido que poderia cuidar melhor da sua filha e abrir um espaço para ela em seu coração.

Já havia alguns meses que Dani/Cleópatra não precisava mais cantar nos bordéis da cidade, mas ela gostava de encontrar a Brigitte, afinal, ficaram amigas. E sempre que podia, voltava ao bar que era o lugar onde tudo começou. Em uma dessas vezes, viu seu meio irmão por lá e ele fingiu que não a conhecia, era realmente difícil de acreditar que era a mesma pessoa, pois havia algo diferente com ela quando estava no palco. Envergonhado, não a cumprimentou, tampouco ela se recordava de quem se tratava. Com tantos meses fazendo a mesma coisa, chamando sua segunda personalidade sempre que precisava, Cleópatra já sabia lidar com isso facilmente, mas nem de tudo se lembrava. O único problema é que ela não queria voltar a ser Cleópatra, pois era uma personalidade triste demais e longe da sua realidade da cantora Dani Amorim. Contudo, não sabia como reverter a situação do sono, pois, quando dormia, Cleópatra voltava à realidade e no comando daquele corpo. O máximo que conseguiu foi uma insônia insuportável, pois não queria saber de dormir e voltar ao dia seguinte com uma personalidade totalmente diferente dela. Não era tão simples assim trocar de personalidade, existia todo um ritual, para ser a cantora, era necessário ter uma data de *show* agendada, passar a metade do dia se arrumando, maquiagem e cabelo... Até que ela se revelava no palco. Não dava para simplesmente a Dani Amorim, uma cantora sensual, atrevida e livre, passar a vender colchões durante o dia, era incompatível. Além disso, Cleópatra já tinha seu espaço bem definido, que o lugar de Dani fosse bem definido também, para não ter conflito entre as duas e a conexão equilibrada não fosse perdida. Entendendo que era um mal necessário, quando estava sob sua personalidade primeira, só conseguia se comunicar bem quando vendia colchões, fora do local de trabalho, em casa, tentava incomodar o mínimo possível, sempre reclusa em seu quarto, na maioria das vezes chorando e com um sentimento de culpa que não sabia identificar o motivo. Sua única motivação era o financeiro, proveniente do seu trabalho com vendas, pois assim ela poderia sair para fazer compras, sua principal atividade quando não estava trabalhando. Ela poderia passar horas escolhendo vestidos e mais roupas que jamais usaria, pois deixava tudo acumulado no seu quarto, com a promessa de que um dia, quando fosse feliz, usaria roupas mais bonitas.

Brigitte se tornou uma amiga querida depois que Cleópatra/Dani Amorim passaram a entender que seu grito a salvou daqueles homens no banheiro do bar. Sempre a convidava para fazerem compras juntas e a amizade floresceu entre as duas. Brigitte achava estranha a diferença de comportamento quando as duas saiam para comprar roupas e quando Dani estava no palco. Tudo o que Cleópatra podia fazer, para disfarçar, era dizer que toda grande artista se revela no lugar onde se sente mais à vontade e, em seu caso, era no palco. Brigitte se sentiu satisfeita com a explicação, entendendo que todo artista tem um pouco de louco.

Eduardo não desistiu fácil, pois estava encantado com aquela mulher que cantava à noite. Sempre que podia, à tarde, ligava para a casa de Cleópatra e aproveitava seu horário de almoço para conversarem. Ela gostava das investidas dele, chegou a se abrir com ele sobre sua dificuldade de relacionamento, falou sobre os abusos passados e ele pareceu compreender toda a situação. Mais do que compreensão, ele estava acolhendo-a. Passadas algumas semanas, Cleópatra concordou com um passeio pelo bairro, em Marechal Hermes mesmo. Tinham algumas pizzarias e a famosa batata frita que ficava perto da saída do trem. Eles poderiam caminhar por um tempo e parar para fazer um lanche. Para ela parecia perfeito, pois não estariam totalmente sozinhos e todo mundo a conhecia por ali. Estava acostumada a se precaver depois de tudo o que aconteceu. Para um primeiro encontro, Eduardo estranhou o jeito de Cleópatra, totalmente diferente do que ele vira no palco, há um tempo. Ele pediu para que ela cantasse algumas vezes e ela se fazia desentendida. Na verdade, estava preocupadíssima em não aparentar sua tristeza habitual, inclusive usava uma roupa nova que comprou para um momento especial. De certa forma, ela queria aquele encontro tanto quanto ele, só não sabia como agir porque era o seu "primeiro primeiríssimo" encontro.

Passeando pelas ruas do bairro, decidiram parar um pouco na Vila Militar para tomar um sorvete. Em um lugar escondido, Eduardo pediu um beijo que foi consentido. Foi a primeira vez que Cleópatra sentiu que a vida poderia fazer sentido para além do canto com a Dani Amorim e que poderia ter duas personalidades felizes. Novos encontros voltaram a acontecer até que um dia, durante um jantar familiar, Cleópatra apareceu com Eduardo em casa para apresentá-lo à mãe, ao meio-irmão e ao padrasto. Muito bem recebido, passaram horas conversando e sentiu que teve a aprovação de Soraia, afinal de contas, Eduardo era de boa família, sem filhos, sem ex-esposa, os pais estavam mortos e só havia a futura esposa com quem se preocupar. Soraia achou que Cleópatra tinha ganhado na loteria e as visitas do seu, então, namorado ficaram frequentes.

Após um ano de namoro, decidiram que era hora de se casarem. Os dois estavam felizes juntos e Eduardo herdou uma casa dos pais que ficava em Quintino. Muito entusiasmada com o fato de que não ficaria tão longe da sua mãe, pois os bairros são próximos, era o momento perfeito. Durante esse tempo, Cleópatra continuou trabalhando na loja de colchões e à noite saía para cantar nos bares e Eduardo sempre a acompanhava aparentando estar orgulhoso do talento da noiva.

Eu não consigo entender como você muda seu jeito completamente quando está cantando, mas é a melhor coisa que acontece. Você fica totalmente livre e eu me sinto preso a você de uma forma que chega até me incomodar. Como se eu não pudesse existir sem ouvir o seu canto, comentou Eduardo durante um intervalo no bar onde Dani Amorim estava se apresentando.

É que o palco tem uma energia diferente, Edu. Eu continuo sendo a mesma pessoa, só que minha atenção fica voltada para outras coisas quando estou cantando, tenta despistar.

O fato é que Eduardo nunca soube que estava se casando com uma mulher que tinha múltiplas identidades e que a Dani Amorim era só o começo. Era de se estranhar que Cleópatra vivia mais reclusa em casa e só saía quando era para cantar como Dani Amorim. Entretanto, materialmente, não havia pistas que pudessem comprovar que ela se tornava outra pessoa quando estava se preparando para uma apresentação. Quando noivaram, as situações começaram a mudar um pouco de perspectiva e Eduardo dizia que preferia mais o jeito quieto e caseiro de sua futura esposa, pois, afinal de contas, eles teriam filhos e ela precisaria cuidar mais do lar. Em pouco tempo, passada a festa de casamento, Eduardo não quis mais que Cleópatra subisse ao palco e se transformasse naquele furacão que chamava a atenção de todos os outros homens. Por longos anos, Cleópatra só foi Cleópatra.

Em casos de relacionamentos abusivos, Cleópatra sabia que ninguém meteria a colher. Quase sempre os homens controlavam a situação toda e ela ainda não tinha reparado no buraco que se meteu. Pensando que agora sim teria um homem que cuidaria de verdade dela, procurou fazer todas as vontades do marido, que sempre queria um pouco mais da boa vontade de sua esposa. Para ela, tratava-se de um gesto de amor e, muitas vezes, o colocava em um lugar paternal, coisa que não teve com Carlos e talvez pudesse ter com alguém que a desejasse enquanto mulher, o que não foi possível para seu pai, que queria ter um menino desde sempre. Muitas famílias são cúmplices da violência e do abuso que meninas e mulheres sofrem ao longo de suas vidas. Nem toda mãe é acolhedora, nem todo pai respeita. Família não é sinônimo de confiança cega. Cleópatra sabia o que era a dor de verdade, na pele. Para ela, não era nenhuma agressividade o que Eduardo estava pedindo, pois acreditava piamente que o fizera para o seu próprio bem. O discurso de seu marido estava pronto, ele dizia que não queria que acontecesse de novo cenas como a do banheiro no Bar Meninas Malvadas e soube usar muito bem cada desabafo dela a seu favor. Cleópatra sabia que as pessoas não se acolhem umas às outras e que, dificilmente, achava que teria essa grande sorte novamente. Era melhor guardar os anseios e necessidades de sua personalidade para outro momento de sua vida, enterrá-la, por hora, era o que precisava ser feito. Tudo o que passava na sua mente era: "**acusa**".

Cleópatra chegou a contar sobre os pedidos de Eduardo para sua mãe, quem sabe lá no fundo, Soraia a apoiaria de alguma forma. Mas não foi bem isso o que aconteceu, Soraia não somente concordou como disse explicitamente que se ela desobedecesse seu marido seria culpada por tudo o que viesse acontecer consigo. Sua mãe preferiu acreditar que sua filha estava segura com um homem assim e não haveria espaço para outros desejos. A ideia de família sagrada, núcleo acolhedor e confiável é uma idealização social que impede, muitas vezes, as mães de enxergarem que suas filhas estão sendo traumatizadas gravemente. Cleópatra tentou que sua mãe a escutasse, mas o que conseguiu foi uma revitimização, julgamentos e uma descrença sobre si e suas potencialidades, talentos... O que gerou novos sentimentos de abandono e rejeição, uma sensação de não pertencimento.

O controle é um dos abusos mais comuns que as mulheres sofrem. Com ela não estava sendo diferente depois que casou. Até mesmo para falar com Eduardo, Cleópatra treinava as palavras certas e esperava o melhor momento. Se ela falasse quando ele estivesse ocupado ou irritado, seu medo era de tomar um tapa ou, minimamente, ser respondida com gritos ou grosserias e fazia de tudo para não desencadear uma briga, afinal de contas, sabia se esconder e ficar quietinha no seu canto, fez isso a vida toda. Sentia-se pisando em ovos e com ansiedade fora do comum, passou a fumar para relaxar as tensões e não explodir de vez, não sentia que podia enraivecer-se, pois não sabia o dia de amanhã e seu medo de ser abandonada era muito maior do que qualquer concessão que fez. A prisão de Cleópatra passou a ser mental duas vezes: queria satisfazer as vontades de Eduardo e queria inibir que as vontades de Dani Amorim viessem à tona. Conforme ia comprimindo mais sua mente, mais se punia e havia gozo nisso. O controle assume níveis assustadores entre casais, Eduardo queria briga e motivo para ser ainda pior com sua esposa e não admitia, em hipótese alguma, que alguém mais tivesse o prazer da companhia dela.

Enquanto Cleópatra estava minimamente organizada, tudo parecia ir bem em seu lar. As brigas ganharam uma outra proporção quando foi vista, em seu quarto, vestindo as antigas roupas que usava quando cantava nos bares da cidade.

Você está parecendo uma puta, tire isso imediatamente. Gritou Eduardo quando viu sua esposa com um vestido curto de paetês azuis brilhantes.

Tomada por uma raiva descontrolada, Cleópatra jogou um jarro de flores murchas que estava sobre a penteadeira na cabeça de Eduardo. A raiva foi aumentando conforme ele gritava com ela e tentava segurá-la pelo braço. Contudo, sua força descomunal o derrubou no chão. Cleópatra era, então, Dani Amorim novamente e, ao cantar seu canto desesperado, foi quebrando tudo o que via pela frente. Os cômodos estavam em frangalhos quando reparou que Eduardo estava desacordado com uma escrivaninha sobre seu corpo. Não se sentia culpada, apenas cantava mais alto o quanto podia, cantava e cantava todas as músicas que vinham à sua cabeça. Às vezes até se atrapalhava com as letras e estrofes, a ponto de misturar várias canções, e rodopiava pela sala, pelos quartos e pelo banheiro. Pulava pelo quintal e sentia-se livre após muito tempo. Não queria que essa sensação acabasse nunca. Depois de alguns minutos percebeu Eduardo a olhando com certo medo e incompreensão sobre o que acabou de acontecer. Não entendeu tamanha força daquela mulher que o derrubou no chão.

Esperou alguns dias até que Cleópatra recuperasse alguma organização mental para questionar seus feitos. Como iam pagar por toda depredação que ela fez? Eduardo a forçou a pedir dinheiro emprestado para seu padrasto e assim reformaram toda a casa.

Com a ideia de ter sido culpada por tudo o que aconteceu, Cleópatra se sentiu endividada com seu marido, que ainda assim a manteve no lar, sem expulsá-la. Pedia desculpa a cada vez que o via passar de um cômodo para o outro e ele alimentava esse sentimento para que ela jamais pensasse em querer cantar de novo em bares. Assim como todos os outros abusos, tudo ocorreu de forma gradativa. Hoje foi uma palavra que a colocou para baixo, depois foi um grito, quando percebeu que aquela pessoa que você ama está te batendo e ela nem sabia o motivo. Inconscientemente, esse era o sinônimo de amar para Cleópatra, já que foi assim que aconteceu na sua infância. O lugar de paternidade que Eduardo assumiu, aos olhos dela, foi o suficiente para que ela permitisse que ele decidisse tudo. É como se ele tivesse cartas na manga para convencê-la a dar mais uma chance e tudo o que ecoava em sua mente era: "**acusa, acusa, acusa**".

Uma das principais marcas da personalidade de Eduardo era o egoísmo. Não se importava se a esposa estava precisando ir ao hospital se tivesse encontro de futebol com os amigos do bairro. Por diversas vezes, chegava do trabalho e se trancava no quarto para ver televisão e não ansiava pela companhia de Cleópatra, que ficava lidando com a rotina da casa e tentando se convencer que aquilo era um comportamento natural dos homens e que não deveria questionar para não gerar brigas. Apenas lavava a louça, fazia a comida e deixava tudo pronto para quando ele resolvesse sair do quarto, na esperança de ganhar um pouco de atenção. Cleópatra vinha do interior de Pernambuco, em uma cidade deveras machista com um estereótipo conservador que alimenta preconceitos e crenças patriarcais. Era normal para ela pensar que tudo isso era coisa de homem e que não poderia questionar. Ela estava em uma posição frágil, sem saber o que poderia acontecer com ela, além de depender da aprovação de seu marido para qualquer coisa. Já não trabalhava mais, não era independente financeira e emocionalmente, uma ideia que corrobora para aprisionar mulheres em situações vulneráveis tentando se acostumar com o pouco que sobrou de suas vidas. Jamais pensou no quão difícil seria sua vida se esse relacionamento acabasse, pois, se isso viesse a ocorrer, sua vida acabaria junto. Acreditava que estava sendo uma superincentivadora de seu marido e esquecia-se de si mesma, das suas particularidades e vontades.

Eduardo é um diamante bruto, filha. Você precisa aprender a lidar com os homens porque o mundo é assim e pronto. Eu mesma não questiono o seu padrasto, mas ele nunca foi assim comigo também, de me impedir das coisas. Antes mesmo de ele pensar em me impedir, eu já sei o que ele não vai gostar e nem me atrevo. Indagou Soraia durante uma conversa com a sua filha.

Ele é tudo para mim, mãe. Mas, eu queria ter tempo para cantar. Eu juro que continuo cuidando da casa e dos meus afazeres. Só que nem assim ele quer me escutar. Teve uma vez que eu fiz uma grande besteira, acabei quebrando tudo em casa numa maluquice que me deu, eu fiquei fora de mim, não estava controlando as minhas ações. Quando eu vi ele gritando comigo, fiquei a ponto de explodir e para não ser na cara dele, eu fiz tudo isso com os móveis de casa. Desabafou Cleópatra.

Você tem é muita sorte de ele não ter te expulsado de casa e sorte também que seu padrasto te deu esse dinheiro. Se você tivesse que voltar para cá, não sei como seria. Acho que foi melhor assim, nem precisa pensar em pagar a gente. Ou melhor, se quiser retribuir, continue sendo uma boa esposa para o Eduardo. Querendo ou não querendo, ele paga as contas em dia, não deixa comida faltar à mesa. Encare os seus medos e pare de ficar pensando nesse negócio de cantar. Eu sei que até te incentivei por um tempo, mas você ainda não tinha marido para cuidar. O que você tem que fazer agora é dar uns filhos para ele ir se acalmando e ficando mais feliz nesse casamento. Não se preocupe se ele tiver rabo de saia fora de casa, eles sempre voltam. Aconselhou Soraia.

Sua mãe a incentivava o tempo todo a acreditar nos potenciais de Eduardo e esquecer dos seus próprios. Esse processo que Cleópatra passou sua vida toda acabou por massacrar sua autoestima de forma que somente Dani Amorim poderia dar conta de ser uma mulher poderosa e capaz de viver uma vida sem depender de homens ou maridos. Essa parte da sua história parecia ter chegado ao fim, ao ponto de Cleópatra não querer mais viver. Ao chegar em casa, depois da visita que fez para sua mãe, tudo que pensou foi esquecer a dor que estava sentindo em seu peito e tomou todos os remédios de cartelas que estavam dentro de um *kit* de primeiros socorros. Cleópatra queria acabar com sua dor de existir sem Dani Amorim. Ela só queria parar de sentir aquilo.

Dois dias se passaram até que Cleópatra pudesse recuperar a consciência daquilo que tinha feito. Passou ao ato e ainda estava internada, aguardando que seu corpo terminasse de expulsar os remédios que tinha tomado. O médico que a atendeu avisou sobre a necessidade de procurarem um especialista que a ajudasse com uma possibilidade de depressão, no entanto, quando voltaram para casa, Eduardo e Cleópatra não estavam pensando em cuidados com um psiquiatra. A vida continuou a mesma, com suas rotinas e evitavam tocar no assunto. Sua mãe falava sempre que podia, pois se preocupava que algo acontecesse com filha, mesmo não aceitando que tinha alguma responsabilidade nessa dor que Cleópatra estava sentindo.

A vida foi sendo vivida conforme dava para se viver. Sentindo-se ainda mais culpada, tudo o que podia fazer era se atormentar pelos cantos de sua casa, evitando dar motivos para Eduardo brigar com ela. Talvez sua mãe estivesse certa e era a hora de deixar os anticoncepcionais de lado. Filhos seria uma grande maneira de vencer nesse casamento que não poderia ser vencido.

Capítulo 3

Aqueles que não mencionamos

Os irmãos e o pai não foram convidados para o casamento. Acontece que os anos se passaram e nem Soraia nem Cleópatra tiveram contato com sua família. Foi como se esta parte da vida delas tivesse sido apagada, deletada por completo. Nem mesmo a sós tocavam nesse assunto, simplesmente não mencionavam aqueles nomes. Mas, continuavam a manter contato com Dona Preta. Faziam questão de não receber atualizações, no entanto, a amizade delas era importante e, sempre que podiam, se telefonavam.

Dona Preta continuava com sua barraca de ervas e polpas de frutas, levando sua vida simples de que tanto gostava. Vez ou outra entrava em contato com Soraia por telefone e ficava feliz em saber mais notícias de Cleópatra. Há muitos anos as duas não se viam fisicamente, porém a amizade permanecia da mesma forma, gostava de dar conselhos para sua amiga que partiu em busca de nova vida no Rio de Janeiro e também se ocupava em saber tudo sobre a cidade grande. As mães da pequena Garanhuns continuavam a pedir que rezassem seus filhos para espantar o mau agouro. Havia uma certa preocupação de Dona Preta com Cleópatra desde o último episódio de transtorno que passaram juntas, ela tinha um bem-querer pela menina que já estava casada e cuidando da própria vida.

O casamento aconteceu em uma casa de festas próxima à nova casa do casal e eles passaram a lua de mel em Fortaleza. Ambos gostavam de praia e o cenário parecia perfeito para os pombinhos que acabavam de trocar alianças. Foram três dias inesquecíveis. Cleópatra não fez objeção quando o marido pediu para que ela desse um tempo na carreira de cantora. Os dois combinaram que quando os futuros filhos estivessem mais velhos, ela poderia voltar a trabalhar em alguns bares da cidade. Mas, isso nunca aconteceu, foi o jeito que Eduardo deu para enrolar a esposa, que estava apaixonada demais e encantada com a nova vida para dizer não. Dani Amorim ficou enterrada por longos anos.

Cleópatra não sentia tanta vontade de dar espaço à Dani Amorim depois que suas gêmeas nasceram. Renata e Amora tomavam todo o tempo dessa mãe dedicada. Soraia estava radiante com as novas netas e parecia que queria se redimir com a filha cuidando muito bem das suas crianças. Os tempos eram bons naquela época, não tinha motivos para ir contra ao único pedido que Eduardo fez a vida toda. No entanto, ainda sim, alguma coisa a incomodava. Mesmo acreditando que ele estava fazendo isso para o seu bem e por mais que não quisesse que aquele tormento de abusadores naquele maldito bar voltasse a acontecer, havia uma promessa que não foi cumprida, eles tinham combinado que ela poderia voltar aos poucos, até mesmo na companhia de seu marido, se assim ele quisesse, depois que as gêmeas crescessem. Não fazia ideia que isso tudo era só uma desculpa de seu marido para que ela tivesse tempo para esquecer sua carreira. Pelo contrário, quando Amora e Renata nasceram, Eduardo ficou mais enciumado do que nunca. Ele sentiu que perdeu toda a atenção que Cleópatra devotava. Se antes ela se dedicava apenas a ele e ao lar, agora tinham duas menininhas precisando de cuidados especiais e o Eduardo não gostou de sentir que perdeu prioridade, transformando ainda mais seu comportamento agressivo.

Você me pede para cantar novamente, me pede isso e aquilo. Mas, na verdade, você não consegue cuidar bem da sua família, Cleópatra. Veja você: agora só dá atenção para as crianças e não se dedica mais direito a mim, as coisas que eu gosto. Se você for sair para cantar, onde eu estarei na sua vida? Questionou Eduardo em algum momento de discussão entre os dois.

Eu abri mão de tudo, Edu. Agora você está se sentindo rejeitado porque eu tenho que trocar fraldas, dar comida e banho nas nossas filhas? O que quer que eu faça mais? Eu já larguei tudo para te seguir, não dá para simplesmente largar as nossas filhas. Argumentou Cleópatra de forma branda para não levantar o tom de voz do marido.

Até falando diferente comigo você está. Ainda bem que eu não estou mal humorado hoje, porque senão...

O "senão" já tinha sido advertência suficiente para Cleópatra parar imediatamente de retrucar o marido. Essa palavra já tinha mostrado para ela que era o fim da linha e que se, por acaso, resolvesse ultrapassar, algo ruim poderia acontecer.

Dez anos se passaram e as gêmeas já tinham idade para ficar na casa da avó para que Cleópatra chamasse Dani para cantar de novo. Ela não esqueceu do juramento do marido e foram conversar sobre a decisão. Eduardo se mostrou estressado ao escutar aquele pedido descabido e, diante da insistência da esposa, deu um tapa em seu rosto. Foi a primeira vez que ele bateu nela e o sonho do casamento perfeito ficou comprometido. Ela jamais imaginou que passaria por uma situação dessas, pois seu esposo não apresentava sinais de agressividade física, havia os gritos e toda pressão psicológica, mas ela não entendia assim.

Com o tapa dado no rosto, Cleópatra não viu mais escolha para sua carreira de cantora e se atormentava com as lembranças de seu pai a impedindo que cantasse também. O dia a dia foi se tornando obscuro e depressivo, ela já não queria mais cuidar das filhas nem tampouco da casa, não desejava mais seu marido nem se preocupava em cuidar de si. A ficha finalmente tinha caído. Quando Soraia percebeu que alguma coisa estava errada, já era um tanto quanto tarde. Eduardo já estava agredindo Cleópatra quase todos os dias, pois ele não conseguia entender como uma mulher que ficava o tempo todo em casa não tinha energia para cuidar dos filhos e do lar. A vida tal qual estava sendo se estendeu por mais seis anos, até que Renata e Amora completassem 16 anos. Entre trancos e barrancos e atendimentos psiquiátricos, Cleópatra foi deixando a vida passar, até que um dia as filhas, já com uma certa idade, decidiram ajudar com o divórcio. Estava mais do que na hora de esse casal se separar antes que acontecesse uma tragédia ainda pior com a mãe delas.

Mãe, você precisa se livrar dele. Eu sei que é meu pai, mas não aguento mais você sofrendo dessa forma, avaliou Renata.

A senhora sempre disse que era cantora, mas eu nunca ouvi um canto seu. É muito triste saber que era livre para ser cantora e agora não pode mais, isso não está certo. Você precisa se separar do nosso pai, afirmou Amora.

Eu não sei o que vocês têm na cabeça. Há muito tempo eu não trabalho mais e não tenho como sustentar vocês e a mim sem o Eduardo. Ele me deixou completamente dependente dele, eu não tenho para onde ir. E depois esse sonho de cantar já não existe mais, isso não é mais para mim, eu já passei da idade e tudo ficou no passado, confrontou Cleópatra.

Nós vamos chamar a vó Soraia para ajudar. Não é de hoje que ela se preocupa com você e toda essa situação. Nós passamos a infância inteira vendo vocês brigarem, mãe. E você se manteve forte para cuidar da gente, chegou a hora de retribuir tudo o que fez por nós, pela nossa educação e todo o carinho que deu para a gente, até nos momentos mais difíceis da sua vida. Eu tenho certeza que a vovó vai dar um jeito de ajudar a gente, nem que passemos um tempo na casa dela. Ela se sente sozinha agora que nosso tio foi embora e o seu marido faleceu. Preencher aquela casa será um prazer para ela, respondeu Amora.

A minha mãe não tem mais pique para lidar com adolescentes não. Ela já é uma senhora de idade... retrucou Cleópatra.

Em 1991, Cleópatra estava livre de Eduardo. Contudo, o caminho para se reerguer era longo. Devido aos medicamentos que estava tomando, ela não teve delírios durante anos e reprimiu o máximo que pode o aparecimento da identidade Dani Amorim. Vivia mais dopada do que em plenos exercícios mentais e esse pequeno detalhe sobre a suas múltiplas identidades não era conhecido por mais ninguém.

Soraia as recebeu em casa com muita felicidade. Foi uma alegria poder ver a casa cheia de novo. Sentia-se sozinha e estava velha demais, aprendeu com a vida que não vale a pena fugir quando as coisas ficam difíceis e já tinha muitos arrependimentos que jamais conseguiu resolver, ficou um hiato na sua história com os filhos abandonados em Garanhuns. Era um assunto complicado demais para tocar, tanto que nem Amora nem Renata sabiam que tinham cinco tios e um primeiro avô e que todos moravam em Pernambuco.

Tudo foi se encaixando com o tempo, Cleópatra conseguiu um emprego novo em uma empresa de telemarketing. Renata e Amora continuaram seus estudos e completaram o ensino médio. Soraia faleceu com 90 anos de idade e viveu seus últimos dias com a filha e as netas, em paz.

Até que o momento derradeiro tivesse fim, Renata e Amora aproveitaram bastante a companhia da avó, que se apresentava uma pessoa bem mais carinhosa com as netas, mais do que já fora com os próprios filhos. É difícil julgar pessoas quando não estamos na pele delas, Soraia sofreu bastante na mão de Carlos e se tornou tão introspectiva quanto Cleópatra. As idas e vindas no relacionamento de mãe e filha terminou com as duas convivendo bem, apesar das diferenças de pensamentos. Soraia cuidou da sua filha nos momentos mais tensos quando ficou dopada de medicamentos e quase não conseguia levantar direito da cama. De alguma forma, as duas restabeleceram um pouco daquele tempo perdido de outrora, tiveram a chance de resgatar o pouco que sobrou.

É bom estar de volta à *ativa e poder trabalhar. Eu sei que dei trabalho para vocês duas e para minha mãe, que ela esteja bem onde estiver com sua alma tranquila. Eu já a perdoei e espero que um dia ela possa perdoar a si própria. No final das contas, aprendi com a minha mãe e ela aprendeu um pouco comigo, talvez. Não que eu tenha algum talento para ensinar alguma coisa a alguém, mas a gente se reconciliou e ela partiu sem mágoas da minha parte. Eu imagino que deva ser muitíssimo complexo para um espírito quando faz a passagem com pendências por aqui.* Conversava Cleópatra com Renata.

Você está gostando desse centro espírita que visitou na última sexta-feira, né mãe? Quem sabe um dia eu vá lá visitar contigo. Respondeu Renata.

Pois é, minha filha. Visitar essas reuniões públicas tem me acalmado, eu tenho ficado menos pressionada aqui na minha cabeça e sinto que posso me perdoar por alguns ressentimentos na vida. Enquanto eu puder, continuarei lá.

Aos poucos, Cleópatra foi resgatando pedaços importantes da sua vida, procurou trabalhar e focar sua vida em sustentar-se e suas filhas. Entrar em contato com outras pessoas no centro espírita que ficava perto do seu trabalho era uma maneira de manter o convívio social em dia, coisa de que gostava de fazer, desde que fosse algo leve. Na maior parte de seu tempo, gostava de ficar sozinha, mas era bem diferente escolher isso por conta própria ao ter que viver isso porque o marido queria a manter longe de tudo e de todos. Eduardo até tentou voltar ao relacionamento algumas vezes, mesmo depois de divorciados, mas sem sucesso. Cleópatra já tinha entendido que não fez bem esse casamento e não quis se envolver de novo com a mesma pessoa. Nem com outra, pois não passava mais pela sua cabeça ter alguém que não fosse as filhas em sua vida. No máximo o que ousava sonhar era com a ideia de poder cantar novamente, um dia. Algo que ficava martelando na sua mente e que tentava reprimir sempre que dava. Dani Amorim estava querendo sair para cantar outra vez e já não tinha mais um abusador para impedir que voltasse a acontecer.

Mãe, eu sei que você está gostando da sua nova vida de solteira e está até encontrando com amigos para tomar um chá da tarde e conversar sobre espíritos. Mas, e a música? Nunca pensou em dar espaço para ela de novo? Vovó Soraia me disse uma vez que você cantava nos bares da cidade e estava ficando famosa... Perguntou sua filha Amora.

É algo que passa pela minha cabeça. Mas, não agora. Eu não posso pensar em perder esse trabalho que consegui com telemarketing. Eu acho que não tenho mais espaço na minha vida para isso não... Respondeu Cleópatra.

Você não deveria desistir agora, mãe. Podemos ajudar em casa...

Nem termine a frase, Amora. Vocês precisam estudar e eu preciso ajudar na sobrevivência da gente. Finalizou Cleópatra.

Alguns dias se passaram, já era sábado e as três estavam em casa. Resolveram faxinar para deixar tudo em ordem para o começo da semana seguinte quando Renata encontrou uma carta dentro de uma bolsa que era da Soraia. Gritou sua mãe para ver o que era, pois estava endereçada a ela. Antes mesmo de começarem a ler, as três já estavam chorando com saudades.

Rio de Janeiro, 23 de março.

Querida Cleópatra,

escrevo esta carta porque não tive coragem de dizer essas coisas pessoalmente. Você sabe, nunca fui boa com as palavras e sempre dei um jeito de afastar você de mim. Eu ainda tenho muitos arrependimentos pelo que fiz, ter te abandonado em Garanhuns e mais seus cinco irmãos na mão de Carlos foi algo cruel. Eu nunca vou me perdoar por isso. Você sabe, eu passei por momentos terríveis na mão de seu pai, aquele alcoólatra me batia quando vocês já estavam dormindo, não sei por qual motivo, mas ele me culpava pela sua perda de emprego na fábrica de amianto. O que ele se esqueceu é que eu também fui demitida da fábrica de tecidos e ficamos a ver navios os dois juntos. Aquele tempo de feira em Garanhuns tinham bons e maus momentos. Hoje em dia eu me questiono sobre o que aconteceu com você e o Moacir, me arrependo de não ter te ouvido mais, acreditava em você. Mas, não soube como agir naquele momento e eu estava mal demais para ajudar até mesmo a minha própria filha.

Quando você veio para o Rio de Janeiro, fiquei com medo de o seu padrasto não te aceitar, mas graças a Deus tudo deu certo e pude recuperar um pouco do tempo perdido com você. Eu sei que nunca te disse isso, mas eu gostei de ter tido uma menina como você. Essa coisa de que Carlos dizia sobre só ter meninos era algo exclusivo da cabeça dele, mas também acho que agora não vai mudar em nada você saber dessa informação.

Minha querida Cleópatra, vê se me perdoa por ter errado de novo e ter incentivado que continuasse com o Eduardo, eu pensava muito diferente quando era mais nova e hoje em dia eu teria defendido você. Eu estou velha demais para dizer que eu tenho razão em tudo porque não tenho. Ando sentindo o meu corpo cada vez mais devagar, minha idade está dizendo que está chegando a minha hora. Eu espero que possa ler essa carta quando eu já tiver deixado esse mundo e quem sabe, um dia, eu mereça o seu perdão.

Diga à Amora e à Renata que eu as amo do fundo do meu coração e que elas são as netas mais lindas que eu poderia ter. São dois brotos de flor que florescem no meu coração onde quer que eu esteja.

Com amor,

mamãe.

Capítulo 4

Experiência com os delírios e as coisas reais

Com o tempo, com a experiência e com a falta que Dani Amorim fazia na vida de Cleópatra, ela se acostumou a compor músicas para lhe trazer algum conforto e lembranças do tempo que seus sonhos eram reais. Suas filhas, já adultas, passaram a apreciar a arte da mãe que tinha talentos até então não conhecidos, como o da composição. Renata e Amora se acostumaram com o fato de a mãe ser uma cantora muda, pois, em casa, não se ouvia a voz daquela pessoa que já se apresentou em bares da cidade um dia. No entanto, durante uma reunião entre amigos, um churrasco para comemorar o aniversário das gêmeas, sua mãe não teve escolha senão a de cantar uma música belíssima que escreveu para suas meninas, quando tinham 18 anos. Na falta de dinheiro para lhes comprar um presente bonito ou até mesmo funcional, Cleópatra compôs uma música de muito carinho para suas meninas. Renata e Amora costumavam reclamar porque nunca ouviram sua mãe cantar a própria obra de arte escrita e, diante dos convidados, ela resolveu colocar para fora sua voz, que há muito tempo estava escondida. Todos os vizinhos ficaram surpresos com aquele talento guardado e suas filhas, que ouviram pela primeira vez a mãe cantar, choraram copiosamente com essa demonstração de afeto e amor.

Quando Cleópatra passou a mão nos cabelos, girou o pescoço e piscou três vezes, uma Dani Amorim amorosa apareceu e com toda sua potência cantou e encantou a todos os presentes. A apresentação não ficou somente na primeira música, cada pessoa foi pedindo uma música e foi assim que a festa ganhou uma estrela para abrilhantar ainda mais aquele momento especial vivido entre familiares e amigos. A surpresa foi tanta que os comentários eram sobre o quanto aquela jovem senhora se transformava com um microfone em mãos, pois jamais imaginariam que teria tanta desenvoltura para cantar e interpretar as músicas com eloquência e vivacidade. Cleópatra tem um espírito mais contido, enquanto Dani Amorim era fogo e um ímã que atraía a todos que estavam por perto.

Como já era de esperar, as gêmeas ficaram felicíssimas com a apresentação da mãe e muito animadas com uma pessoa que elas quase não conheciam. Passaram as próximas semanas, após a festa de aniversário, tentando convencê-la de voltar aos bares, pois viram a felicidade da mãe enquanto cantava e sabiam que era a escolha correta para ela. Naquele momento, Cleópatra não queria mais resistir e deixou a porta aberta para Dani Amorim voltar, o que fez com maestria. Por alguns meses tiveram que suar a camisa para conseguir espaços nos bares, pois a recusa era grande diante de uma mulher de mais de idade, comum e que não parecia, aparentemente, cantar absolutamente nada. Foi quando ela se lembrou que tinha um velho amigo na Lapa, dos tempos em que ela cantava em uma pizzaria de lá e resolveu telefonar para saber sobre seu paradeiro e também pedir uma ajuda. Seu João, dono de metade dos bares da região, não pensou duas vezes quando ouviu o pedido. Ele já estava velho demais para dar conta de tudo, seus filhos se formaram e não queriam aquela vida, pouco se importava com o que iam pensar sobre essa contratação para três bares que ele tinha no centro da cidade do Rio, pois sabia do talento dela e o quanto sua voz enchera os espaços no passado e, apesar do tempo que passou para ela também, queria vê-la, matar a saudade e quem sabe, agora, Dani Amorim desse mais atenção para ele. Apaixonado desde que viu o talento cantar pela primeira vez, nunca teve coragem de se aproximar por ela ser namorada de Eduardo na época.

Contentíssima com a novidade, Cleópatra foi contar às filhas sobre a conquista. As três saíram para comemorar o grande feito e oportunidade, além da segunda chance que a mãe conseguiu. Cleópatra não queria mais brigar com Dani Amorim e sabia que juntas poderiam levar a vida da melhor forma possível e ainda experimentar aquela felicidade de tempos remotos. No repertório brasileiríssimo que montou, tinham músicas como "Sangrando", de Gonzaguinha:

Quando eu soltar a minha voz, por favor, entenda
Que palavra por palavra
eis aqui uma pessoa se entregando
Coração na boca, peito aberto, vou sangrando

De coração nordestino, jamais esqueceu das suas raízes e do quanto gostava de Alceu Valença e Elba Ramalho, o que deixava as noites mais animadas nos bares. Geralmente eram canções famosas e com grande aderência do público, o que deixava tudo ainda mais leve e Dani Amorim ficava maravilhada com o público seguindo e cantando.

As noites foram passando com mais e mais pedidos de Seu João, que percebeu que o negócio estava ficando lucrativo. Como ele tinha muitos contatos que surgiram com a vida na noite, conhecia diversos empresários que frequentavam seus bares por anos a fio. Era uma relação de confiança e por isso convidou Marcela para ver a *performance* de Dani Amorim, pois se tratava de uma empresária da música superestimada no meio e que fechava contratos com grandes gravadoras e selos. Quem sabe não era a hora da estrela de Dani Amorim brilhar de verdade?

Naquela noite, em especial, Dani Amorim estava convicta em cantar a canção que Cleópatra escreveu para Renata e Amora e por isso que suas mãos suavam tanto e também tremiam, precisou tomar alguns copos d'água para baixar o nervosismo. Não queria chorar com o tamanho da emoção que sentiu no seu peito quando leu a música. Naquela noite, quando adentrou no pequeno palco de um dos bares de Seu João, com o corpo suado, um brilho no olhar diferente, cantou seu canto transbordando amor, coragem e mal sabia que tinha uma empresária olhando e julgando se deveria ou não chamar-lhe para um café no dia seguinte e discutirem sobre possibilidades de uma carreira artística.

Nem Dani Amorim e tampouco Cleópatra imaginavam que suas vidas estavam prestes a mudar completamente.

Querida Dani, vou te apresentar a minha amiga Marcela Santiago. Você sabe quem é ela?, questionou Seu João.

Claro que sei, uma empresária muito bem-sucedida do ramo da música e vive dando entrevista na TV. Fico feliz em te conhecer. Jamais pensaria que alguém como você estaria aqui me vendo cantar, disse gentilmente Dani Amorim, após sua apresentação contagiante.

Dani, ela está aqui a meu pedido. Perguntei se ela não queria ver um talento como o seu ao vivo e em cores e Marcela nunca recusa um pedido meu, veio na mesma noite em que eu a chamei. Ela sabe muito bem que talentos como você se escondem nas ruas da noite aqui no Rio de Janeiro. Bom, não quero atrapalhar mais, já disse o necessário para que vocês possam seguir daqui por diante. Seu João afastou-se depois das apresentações formais.

Muito prazer em te conhecer, Dani Amorim. Esse é o seu nome real? perguntou Marcela.

Não, não. É o meu nome artístico, sem ele eu não poderia ser como sou nos palcos. É um nome que trago de longa data, dada por uma amiga de minha mãe, Dona Preta. É uma preciosidade para mim este nome. Acrescentou.

Eu achei incrível porque soa muito bem. Tem um certo ar de alguém nobre. Essa Dona Preta escolheu bem, hein!, riu Marcela simpaticamente.

Ah, muito obrigada pela sua simpatia, mas nobre mesmo é o meu nome real. Me chamo Cleópatra. Mas, ainda não entendi o motivo pelo qual o Seu João disse todas aquelas coisas sobre mim. Você está aqui hoje só por minha causa? Perguntou Dani.

Sim, Dani Amorim. Às vezes o Seu João me telefona para vir aqui e ver alguns talentos. Eu não imaginava que veria alguém como você. É uma coisa que a gente entra em contato de década em década. Cantora, compositora, talentosa e com uma presença de palco que não é para qualquer artista. Eu gostaria de conversar com você, se possível, amanhã cedo, durante o café da manhã no Hotel Copacabana Palace. É onde eu estou hospedada nessa temporada em que estou no Rio de Janeiro. O que você acha? Convida Marcela.

Eu acho que isso é surreal e nem acredito que possa estar acontecendo. Mas, sim, eu vou. Posso passar lá por volta das 9h30.

Perfeito, Dani. Te vejo lá. Não atrasa!

Renata e Amora mal acreditaram no que estavam ouvindo a mãe contar quando chegou da Lapa aquela madrugada. As duas despertaram logo e passaram um café para ouvir as novidades que a mãe estava trazendo. Encheram-se de orgulho e a apoiaram em todas as formas possíveis. Levaram-na de carona até a entrada do Copacabana Palace e mandaram um beijo pela janela do carro. Momento presenciado por Marcela, por coincidência, pela janela do restaurante onde estava servindo o café da manhã.

São meninas lindas, suas filhas? Perguntou Marcela.

Sim, gêmeas: Renata e Amora. Respondeu Cleópatra.

E o pai, não quis vir? Questionou Marcela.

Eu sou divorciada, foi uma separação difícil. Disse Cleópatra meio constrangida.

Como todas as separações são. Mas, não estamos aqui para falar sobre momentos difíceis. Sente-se, vamos conversar um pouco sobre você, a sua vida e o que anda fazendo por aí quando não está cantando e abalando os corações de seus fãs, brincou Marcela para descontrair a situação meio chata que ficou no ar.

Marcela reparou na diferença do jeito de falar, de se expressar e de conversar, pois, naquele momento, eram Marcela e Cleópatra tomando café juntas. Mas, como já está acostumada com artistas, sabe bem que são pessoas um tanto quanto excêntricas e possuem os mais diferentes rituais e hábitos. Achou que não seria diferente com Dani Amorim e não quis se preocupar com isso em um primeiro momento. A conversa como um todo foi agradável e Cleópatra estava disposta a conseguir o que poderia para Dani Amorim continuar seu sonho de ser cantora. Foram tantos anos afastadas dessa sua personalidade e agora estavam convivendo tão bem, que não tinha motivos para dizer que não. Além disso, suas filhas estavam maravilhadas com tudo o que estava acontecendo, não queria decepcioná-las, pois nunca viu tanto orgulho das filhas como quando estava cantando. Era algo que gostaria de manter em sua vida.

Marcela sugeriu que visse as composições que ela escreveu até então e Cleópatra, preparada, trouxe algumas de suas agendas e cadernos. Deixou a empresária ler algumas coisas que já tinha escrito e percebeu que o olhar de Marcela brilhou com tudo o que estava lendo. Disse que estava diante de um talento e que ela poderia conseguir muitos contratos somente vendendo as suas músicas para intérpretes cantores. No entanto, como ela era uma cantora promissora, também poderia tentar a carreira, caso quisesse ser agenciada por ela. O contrato era algo simples, que renderia irmamente de forma justa. Marcela era conhecida por ser uma empresária leal e honesta, não seria agora que isso tudo mudaria. Os mais religiosos diriam que foi um anjo que caiu na vida de Cleópatra e seria assim que a carreira de Dani Amorim despontaria de forma inimaginável.

O trabalho não seria fácil nem rápido. Essas coisas precisam de tempo para maturar e ficarem conhecidas. Mas, o processo foi mesmo interessante para Cleópatra que precisou se desdobrar para manter a calma durante algumas gravações. Existia todo um ritual de que ela precisava para trazer a Dani Amorim para comandar a personalidade e dentro de seu camarim que tudo acontecia. Por vezes, Marcela estava presente, mas não notava que o simples passar de mão no cabelo, rodar o pescoço algumas vezes e piscar era o comando para Cleópatra sair e Dani Amorim entrar. Claro, que achava estranho essa mudança de comportamento brusca, mas entendia que era parte do que ela fazia diariamente para dar tudo de si nas gravações e então estava tudo bem por ela essa espécie de aquecimento, acreditou ser. Cleópatra e Dani Amorim aprenderam a se dar bem e se conhecerem a ponto de não esquecerem quem estava no comando no momento e por isso se relacionavam bem com as outras pessoas, apesar de notarem as mudanças de personalidade.

Dani Amorim e Marcela passaram meses trabalhando em três músicas que seriam lançadas para o grande público a fim de estudarem o mercado e verem se teriam aderência. As três músicas, de autoria de Cleópatra, foram um sucesso tão grande e imediato que a gravadora não teve dúvidas sobre contratarem a moça que estava despontando, mesmo que tardiamente. As duas leram a proposta e a vida de Dani Amorim, de Renata e Amora foram mudando gradualmente à sua fama. Conquistaram novos lares, viajaram e conheceram o mundo juntas. O primeiro disco foi um sucesso estrondoso com músicas brasileiras e ela já estava compondo para outros artistas como jamais pensou que poderia acontecer antes. Quem diria que ela estava compondo para os maiores famosos do Brasil e ainda ganhando dinheiro. Em um curto momento pensou que se Eduardo estivesse vendo tudo isso acontecer estaria arrependido por tê-la proibido de seguir seu sonho. Desde que se divorciou, não quis mais se envolver com ninguém. A ideia de ter mais homens na sua vida a enjoava, pois todos os que passaram foram pessoas que a maltrataram e a desrespeitaram, com exceção de seu falecido padrasto que cuidou e a abrigou em tempos difíceis. Por ele, era um carinho diferente, de agradecimento por ter aceitado que ela ficasse em sua casa e vendesse colchões. Foi um momento da sua vida que jamais esqueceria.

Ela não estava mais precisando do seu emprego de telemarketing para sobreviver, muito pelo contrário. Seus amigos de trabalho agora eram fãs e toda a empresa a usa como marketing para campanhas publicitárias. Cleópatra ou Dani Amorim, nordestina, negra e de classe pobre, agora era uma das mulheres mais famosas do Brasil.

Quando decidiram vender a casa de Soraia, pensaram que poderiam usar esse retorno de dinheiro em algo que valesse a pena e Cleópatra quis investir no bairro que tanto a fez bem. Fundou em Marechal Hermes uma escola de música que mesmo com a agenda lotada de novos *shows* e apresentações para fazer todo ano lá estava ela organizando festas de Natal e Ano Novo, avaliando as novas cantoras que apareciam na escola, levando-as para testes junto com a Marcela, fazendo movimentar o coração de um lugar que merecia atenção e investimento em cultura. Não era boa em administrar empresas, organização com números, mas tinha pessoas de confiança como suas filhas e sua empresária para fazer esse trabalho rotineiro. Cleópatra pensava em ideias e as três procuravam dar vida a tudo o que era possível. Às vezes apareciam pensamentos aleatórios meio difíceis de investir tempo e dinheiro e era necessário fazê-la (ou pelo menos tentar) esquecê-los.

Amora e Renata ajudaram-na a adquirir seu primeiro patrimônio, Cleópatra comprou uma casa em um condomínio que só tinha residência de famosos. Também deu de presente para suas meninas uma casa para cada, estavam indo bem na vida graças ao talento da personalidade Dani Amorim. Tudo o que Cleópatra não podia ser como si mesma era na identidade de Dani Amorim que se realizava. Desde quando ela resolveu dar espaço novamente para ela, a vida foi fluindo e tudo dando certo. Esse condomínio ficava na Barra da Tijuca, contudo, sabiamente, foi investindo em outras residências e alugando conforme temporadas, era uma dica que Marcela deu e foi bem aquiescida pelas três. Assim, mesmo se desanimasse o projeto principal, sempre teriam fonte de renda onde recorrer.

Foi no dia 8 de maio, véspera do Dia das Mães, que o telefone tocou. Marcela prontamente atendeu diretamente do escritório da nova casa de Cleópatra e era nada mais e nada menos que o agente de um dos maiores cantores do país, pedindo para que Dani Amorim interpretasse algumas canções no programa natalino daquele ano. Para alegria e emoção das filhas, subiram até o quarto da mãe para lhe contar a novidade. Foi a primeira vez na vida que Dani Amorim pisara em um palco de um programa de televisão com abrangência nacional. Depois que os anúncios do programa estavam rodando e todo o Brasil já estava sabendo quem era o novo rosto que cantaria músicas de natal na principal emissora do País, Eduardo procurou Amora para tentar uma aproximação. Aquela ligação foi o suficiente para estragar o dia das irmãs que decidiram não contar para a mãe sobre o episódio.

Marcela, queria te contar sobre uma ligação que recebi. Era de meu pai. Ele falou que viu os anúncios na televisão com a minha mãe e a sua partici-

pação no programa natalino. Ele está tentando se aproximar e eu acho que não é de boa-fé. A Renata também já está sabendo disso e concorda. Não sabemos se contamos para a minha mãe. Comentou Amora.

Estamos com pouco tempo para lidar com esses assuntos. Não queremos que Cleópatra, ou melhor, nossa estrela Dani, se preocupe com essa pessoa. Eu sei, desculpe, é o seu pai, mas, até onde eu sei da história, ele não foi nada legal com ela. Não é mesmo? Argumentou Marcela.

Sim. Eram agressões terríveis. Nós duas tivemos que lidar com muitas coisas aos 16 anos, não queríamos ver nenhum dos dois sofrerem, ele é nosso pai. Mas, o caso é que ele nunca fez bem para a minha mãe e é isso que sempre fortaleceu a nossa relação e decisão de pedir para que ela se divorciasse dele. Respondeu Amora.

Então, o melhor que vocês duas podem fazer é não contar agora. Espera esse programa passar e, aí sim, se quiserem contar é com vocês. Este é um assunto de família e eu sei que prezam pela confiança da mãe de vocês. Só acho que há o tempo certo de ser feito isso. Sabem que Dani quando quer é temperamental demais né? Coisa de artista... Muda da água pro vinho, até parece que estou falando com outra pessoa... Disse Marcela.

Aquele conselho já era o suficiente para as irmãs esperarem a poeira do programa baixar. Ninguém queria que Cleópatra/Dani Amorim ficasse se sentindo mal com esse contato do Eduardo e decidisse não ir a lugar nenhum e não colocar mais o seu rosto na televisão. Sorte a dela que tinham pessoas que estavam pensando em seu bem-estar agora e sua carreira poderia decolar de maneira mais livre, leve e solta.

Ainda não eram 6 horas da manhã e Cleópatra escutava, em seu quarto, a batida de pés como se alguém estivesse subindo para vê-la. Não havia ninguém em casa e não estava acordado que Renata e Amora a visitariam naquele final de semana. Muito menos Marcela, que estava de folga depois de ter dado seu máximo para que o programa natalino fosse um sucesso. Com medo do que poderia ser, Cleópatra se escondeu no banheiro. Os passos continuaram e ainda mais fortes na medida em que a pessoa ia se aproximando de seu quarto. O som da maçaneta girando foi desesperador, intrigando-a e deixando-a suada de pavor. O caseiro não era, pois também estava de folga e sempre interfonava quando precisava subir para fazer algo. Não tinha nada marcado, nenhum compromisso que pudesse ter esquecido. Quando a porta finalmente abriu, Cleópatra notou uma sombra no canto esquerdo da parede que dava para a varanda e sentiu o cheiro habitual de cigarro com álcool de seu pai, Carlos. Pelo chão, agora, se arrastava o cinto que ele costumava usar para bater nela, quando estava cantando alto demais no chuveiro, até que uma voz, que não se sabe de onde vinha, expressou o seguinte comando: "Corte a sua garganta com essa lâmina ou o seu pai vai te pegar hoje". Cleópatra ficou procurando quem era o responsável por falar aquilo que ela estava ouvindo, mas não conseguia ver ninguém. Será que mais de uma pessoa subiu as escadas sem que ela percebesse? Encolhida no chão do banheiro, alcançou a porta do armário e achou a lâmina. Levantou para olhar-se no espelho e, apontando a arma em direção ao seu pescoço, pensou que seria melhor mesmo acabar com esse suplício. Seu pai estava do lado de fora a ponto de dar mais uma "cintarada" e não queria que isso acontecesse novamente. Na certa, ele viu o programa na televisão e descobriu onde foi que ela estava morando e conseguiu entrar sem dificuldades em sua casa, já que todos estavam de folga e não tinha ninguém para protegê-la.

Boom! Boom! Boom! Uma sequência de barulhos como se estivesse explodindo alguma coisa na rua começou e Cleópatra largou imediatamente a lâmina. Assustada porque, depois do barulho, a luz acabou, esqueceu-se completamente da possibilidade de o seu pai estar esperando-a do lado de fora. Ao abrir a janela do seu quarto, viu que alguns postes tinham o disjuntor queimado e já estavam consertando, logo a luz voltaria. Depois, deu-se conta que não tinha Carlos na sua casa e que tudo o que estava pensando não passava de algo criado. Talvez mais um delírio.

O que estava claro ali, naquele momento, é que Cleópatra queria tornar Dani Amorim famosa, mas não queria que seu passado viesse visitá-la. Nem Carlos, nem Eduardo. Havia um conflito de interesse entre as identidades.

Quando a luz voltou, Cleópatra decidiu ligar o som para afastar pensamentos e vozes estranhas. Procurou um disco de Belchior e sua música preferida dizia assim:

Eu não estou interessado em nenhuma teoria
Em nenhuma fantasia, nem no algo mais
Nem em tinta pro meu rosto, ou oba-oba, ou melodia
Para acompanhar bocejos, sonhos matinais
Eu não estou interessado em nenhuma teoria
Nem nessas coisas do oriente, romances astrais
A minha alucinação é suportar o dia a dia
E meu delírio é a experiência com coisas reais

Capítulo 5

Não foi por acaso

Era Natal. Renata e Amora estavam animadas com a viagem para Amsterdã e para conferirem o passeio que programaram pelo Vondelpark. Era a primeira vez que viajavam para fora do País e Marcela tinha avisado que as celebrações na Holanda eram lindas para quem gostava dessa época do ano, fora a gastronomia, que se tornou um passatempo entre elas. Cleópatra estava animada com o tamanho da árvore de Natal no centro histórico e cultural de Amsterdã, a Praça Dam, justamente porque a praça fica repleta de cantores com apresentações musicais de tirar o fôlego. A vida não poderia parecer melhor para Cleópatra, que por alguns momentos se esqueceu da sua habitual melancolia. O natal holandês atrai muitos turistas e, naquele ano, a família visitou os 45 hectares de colinas, lagos e mirantes. Nada parecido com os eventos passados com uma ceia parca e com o dinheiro contado para os presentes. A harmonia entre as três não poderia ser melhor, elas estavam ansiosas por essa viagem, sabiam que não seria nada fácil falar inglês. Graças à Renata, que estudou em um curso e aprendeu conversação, elas ficaram minimamente bem e conseguiram se comunicar durante esse tempo em férias. Muitos restaurantes e cafés ficavam abertos 24 horas nessa época do ano e oferecem menus especiais para o Natal. Visitaram Leidseplein e Damrak, além de Rembrandtplein. Comeram pato, peru, faisão e coelho e apreciaram as mais variadas saladas com frutos do mar. O *kerststol*, uma espécie de pão frutado, e o *kerstkrans*, um bolo em formato de grinalda, fizeram sucesso na mesa da mãe e filhas. No entanto, algo parecia estar faltando, tanto Cleópatra quando Renata e Amora estavam pensando em Marcela e na sua companhia, afinal de contas, ela fazia parte de todo esse sucesso. Seria muita audácia convidá-la para o hotel onde estavam hospedadas e pedir-lhe para compartilhar o Natal? Será que ela foi visitar alguém especial? Teria familiares? As três não sabiam responder a essas perguntas porque Marcela sempre foi reservada com sua intimidade, porém não custava tentar. Foi assim que Cleópatra decidiu telefonar para a empresária, que já considerava uma amiga. Quando o telefone tocou, Marcela atendeu do outro lado do mundo e reconheceu a voz da cantora que estava fazendo o Brasil comprar centenas de cópias de seu disco.

Não estou acreditando que você está me ligando em plena semana do Natal, querida. O que aconteceu? O vinho não está gostoso?! Brincou Marcela quando reparou que era Cleópatra no telefone.

Sempre muito espirituosa! Mas, não. Está tudo maravilhoso aqui. Renata e Amora estavam me perguntando sobre você e onde estaria e passaria as festas de fim de ano e eu me dei conta que não sabia responder a essa pergunta simples. Mas, pudera, você nunca me fala da sua família e parentes. Você está na casa de alguém? Questionou Cleópatra, com uma voz trêmula e com medo de estar invadindo a privacidade da sua empresária.

Eu não te contei nada porque não existe muito de interessante para dizer. Meus pais morreram há muito tempo, em um acidente de avião junto com aquela dupla famosa de sertanejo que ficou conhecida nos anos 1980 e tudo foi muito trágico. Eu herdei a firma dos meus pais e continuei o trabalho deles agenciando artistas, promovendo eventos e fazendo gente famosa pelo País, contou Marcela com uma voz meio chorosa.

Ah, minha querida. Eu não sabia de nada disso. Me desculpe de coração. Na verdade, eu perguntei porque eu e as meninas sentimos a sua falta e percebemos que as suas risadas e piadas são as melhores. Será que não daria tempo para vir ficar com a gente se não tiver nada melhor para fazer? Pediu Cleópatra.

Caramba, você me pegou de surpresa. Eu gosto muito de vocês, mas eu nunca fiz isso com meus talentos... Não sei se seria uma boa ideia, titubeou Marcela.

Tudo bem, Marcela. Eu achei que tínhamos uma amizade mais íntima. Eu entendo que você não gosta de misturar trabalho com vida pessoal, mas que mal poderia acontecer com quatro amigas que resolveram passar o Natal juntas em Amsterdã?

Você tem razão. Eu acho que às vezes eu tento não me envolver com as pessoas por medo também de que algo ruim aconteça. Talvez sejam essas lembranças ruins do meu passado, mas está na hora de eu fazer alguma coisa realmente, senão vou passar mais um fim de ano trancafiada em um hotel qualquer e tomando vinho sozinha até ficar com sono e dormir. Eu vou tentar umas passagens para amanhã, vou pagar mais caro e isso vai valer a pena. Estou com saudades do clima dessa cidade linda e ter vocês para rirem das minhas piadas sem graça não tem preço!

Após se despedirem e desligarem o telefone, Marcela logo tentou contato com um agente de viagem, seu amigo, para ver o que poderia ser feito. Na semana dos festejos de fim de ano seria quase impossível conseguir alguma passagem de avião do jeitinho que ela gosta, muito provavelmente teria que fazer intermináveis escalas, mas Marcela só conseguiu pensar na satisfação de não ficar sozinha naquela data, para variar.

Ela omitiu um passado amoroso com uma mulher que foi embora sem deixar um bilhete. Chegaram a morar juntas, compraram um sítio perto da cidade de Resende, no Rio de Janeiro, no entanto, o romance acabou rapidamente. A família da namorada não aceitava e a sensação que Marcela teve foi que o amor das duas não era o suficiente para lutar por liberdade. Se contasse algo do tipo para Cleópatra, certamente ela ficaria surpresa com essa informação. Na cabeça de sua empresária, era uma história que poderia gerar preconceito e até mesmo uma questão que viesse a estragar os momentos das duas durante as gravações, que sempre foram afetuosos e descontraídos.

Quando o amigo retornou a ligação avisando que teria uma "classe A" disponível para a madrugada do dia posterior, Marcela ficou animada com a sorte que teve. Parece que um desistente não quis mais desfrutar das noites holandesas e tudo estava caminhando bem para esse encontro acontecer. No dia seguinte, Marcela fez compras e atualizou todo o seu guarda-roupa para encontrar com uma pessoa que considerava especial. Naturalmente, seu coração estava batendo com mais velocidade, exatamente da forma como acontecia quando via Dani Amorim se apresentando. Sentia que havia algo de esquisito quando ela estava mais introspectiva, fora dos palcos, mas nunca considerou que isso fosse um defeito, apenas uma característica da personalidade da pessoa que ela se deu conta que estava apaixonada. A única coisa que não poderia prever era que a mulher amada tinha mais de uma personalidade.

Foram onze horas de viagem até chegar em Amsterdã. Marcela usou grande parte do seu tempo dormindo, pois estava ansiosa. Combinaram de se encontrar no aeroporto Amsterdam-Schiphol e lá estava Cleópatra, Renata e Amora esperando por Marcela. Ao cruzar o *hall* e buscar suas malas, os olhares da cantora e empresária entrecruzam-se e foi inevitável o abraço demorado. Mesmo achando o clima inusitado, as gêmeas pensaram que foi uma grande ideia trazê-la para cá e animar um pouco mais a mãe delas, que vivia entre altos e baixos de humor. No dia em que se falaram por telefone, por exemplo, Cleópatra não quis mais sair do quarto e as duas foram visitar o Museu Van Gogh sozinhas. De certa forma, isso as preocupava porque se lembravam do momento mais complicado da vida da mãe, em que teve que tomar remédio e ter acompanhamento com psiquiatra. Eram tempos difíceis porque a mãe delas ficava sempre muito desconfiada das pessoas, achava que sempre tinha alguém querendo se aproveitar dela e, principalmente, medo de uma amendoeira com quem ela conversava como se fosse a melhor amiga e não havia nada por perto. Era aterrorizante para duas garotinhas presenciarem cenas assim. Se não fosse a avó ajudando na criação delas, talvez tivessem adquirido as mesmas características da mãe, o que acabou não acontecendo.

O tempo estava frio naquele dezembro cinzento, mas cheio de luzes de Natal em Amsterdã. Os mercados natalinos são um dos pontos principais dos meses festivos no norte da Europa e Marcela estava atraída por começar a caminhar pelas ruas da cidade e comprar novidades. Sem falar que patinar no gelo era uma diversão que poderia ensinar para sua amiga. Mais de 300 barracas invadiam os labirintos e atraiu muitos vizinhos de Luxemburgo e Bélgica, portanto era cheio e muito alegre. As duas resolveram se aventurar na roda gigante do Winter Paradise e perceberam a beleza da cidade a uma altura que fez com que Cleópatra segurasse na mão de Marcela. As duas tiveram dias incríveis e sentiram que ficaram mais próximas e sem precisar ficar falando de trabalho. Todas as noites, Dani Amorim aparecia para cantar no restaurante do hotel onde estava hospedada, afinal de contas, o gerente ficou sabendo que se tratava de uma estrela brasileira e logo fez uma proposta para a cantora, que não pensou duas vezes em aceitar. Para ela, o trabalho era tão divertido quanto tirar férias e cantar músicas brasileiras para um público do exterior, pois era algo que jamais seria imaginado antes desse sucesso todo que começou a fazer graças à sua querida amiga Marcela. Na noite que ela chegou e se hospedou em um quarto do lado, fez questão de homenageá-la durante sua apresentação e pediu para traduzir sua mensagem de gratidão pela pessoa que a ajudou a conquistar seus maiores desejos. Marcela, emocionada, abraçou a amiga no meio do palco e um beijo acabou acontecendo na frente de todo o público que não só viram o ocorrido como também aplaudiram. Amsterdã era um lugar conhecido por ser livre de preconceitos, o que não seria igual no Brasil, principal preocupação das duas depois que perceberam estar completamente apaixonadas uma pela outra. Renata e Amora viram o beijo trocado e surpreenderam-se, no entanto, não causaram situações desagradáveis para a mãe e a amiga, tentaram digerir tudo da melhor forma possível, pois eram boas meninas e queriam a felicidade da mãe. Em pouco tempo já estavam torcendo para que essa amizade se tornasse um namoro e quem sabe pudessem morar todas juntas. Certamente o clima seria muito melhor do que quando moravam com o pai, Eduardo.

No dia 25 de dezembro, as quatro resolveram visitar Concertgebouw para o Concerto Festivo da Orquestra Filarmônica que apresentaria o The Nutcracker, ou O Quebra-Nozes, em português, e mesmo que a peça seja toda realizada em holandês o sentimento natalino era mais do que o suficiente para se emocionarem, sem falar que lá é um dos edifícios mais charmosos da arquitetura de Amsterdã. Tiveram essa oportunidade única de acompanhar uma peça tradicional de perto e resolveram não perder essa noite de sonhos. Durante todo o espetáculo, Cleópatra e Marcela ficaram de mãos dadas e conversando o tempo inteiro. Pensaram que essa viagem ficaria guardada na memória para sempre e se preocuparam com a repercussão disso quando chegassem ao Brasil. No dia 26, tiveram uma conversa difícil que foi iniciada por Cleópatra sobre tudo o que viveram.

As minhas filhas não são tolas, elas sabem o que está acontecendo entre a gente, Marcela.

Sim, elas sabem e, se você não percebeu ainda, elas aprovaram. Continuam passeando com a gente, jantando e conversando normalmente. Ficaram felizes de nos ver alegres e passeando juntas. Respondeu.

Eu estou muito preocupada com o que está acontecendo com a gente e nessa velocidade toda. Eu não imaginei que me envolver com uma mulher e tudo isso é novo para mim. Desabafou Cleópatra.

Eu nunca te contei sobre essa parte da minha vida porque não imaginaria que você poderia se envolver nesse tipo de relacionamento. Sempre te vi muito conservadora e quase nunca falava de relacionamentos amorosos. Só me contou uma vez do Eduardo e olhe lá.

Eu não tenho nada para dizer, Marcela. A minha vida toda foi um zero à esquerda no assunto do coração. Quando eu era mais nova, uma criança ainda, com oito anos, um cara da minha cidade, um velho ridículo, tentou abusar de mim num bosque perto da feira onde eu trabalhava com meus pais. Depois disso, não quis saber de mais ninguém até conhecer o Eduardo que me maltratou, me bateu e me impediu de cantar igual o meu pai fez a vida toda. Conta Cleópatra ao chorar.

Muitas coisas aconteceram nas nossas vidas. Eu sei que você terá tempo para me contar tudo o que precisar e, se tiver situações que não queira contar, está tudo bem também. Eu só quero ver a sua felicidade comigo ou sem mim. Saiba que a nossa relação contratual nunca mudará se a gente decidir que isso o que estamos vivendo não for para a frente. Assegurou Marcela.

Não é medo de você que eu tenho, minha querida. Mas, do que as pessoas vão falar e da minha carreira. Ninguém está preparado no Brasil para ver uma famosa se relacionando com a sua empresária e as duas serem mulheres...

Toda essa dúvida e nuvens cinzentas pairavam nos dias seguintes até o Ano Novo. Como se o dia 31 de dezembro tivesse curado todas as feridas dessa conversa e as duas tentaram relaxar um pouco e aproveitar mais da viagem. Compraram ingressos para o Circo Mundial de Natal ou o Wereldkerstcircus e resolveram que passariam as últimas horas do ano felizes e animadas.

Renata e Amora resolveram fazer outro passeio e combinaram que se encontrariam algumas horas depois do Ano Novo, no restaurante do hotel, para brindar a chegada da nova época. A verdade é que as duas irmãs não queriam atrapalhar o momento das duas a sós, pois sentiram o clima meio estranho nos últimos dias. Elas preferiram patinar no ICE Amsterdã e tomar um bom vinho de muller ao assistir uma apresentação com o aparecimento dos Três Reis Magos. Durante a contagem regressiva, Cleópatra e Marcela decidiram ver os fogos, algo que é proibido durante o ano todo e só é permitido na noite do dia 31, justamente por causa do *reveillon*. Era um momento especial para as duas novamente e teriam essas lembranças juntas. No badalar dos últimos minutos, prometeram que passariam qualquer dificuldade juntas, pois o que tinham uma com a outra era especial demais para deixar a opinião pública profanar. Na viagem de volta ao Brasil, assumiram o relacionamento publicamente para todos os fãs de Dani Amorim.

Capítulo 6

O espelho fragmentado e a mensagem

De longe, a vida de uma cantora famosa parecia ser a vida que qualquer um gostaria de ter. Dinheiro, boa comida, roupas e lugares luxuosos, viagens sem preocupações, pessoas bajulando o tempo inteiro, empregados para todos os lados de um jeito que você nem precise pegar um copo d'água na cozinha. Mas, você já reparou que a felicidade não é deste mundo? Até mesmo aqueles que possuem tudo o que desejam, materialmente falando, reclamam da falta de felicidade. Pouco tempo depois que elas assumiram o namoro, as coisas deram uma desandada no relacionamento devido às exposições que rádios, jornais e televisão davam todos os dias. Como se o relacionamento amoroso entre duas mulheres fosse mais trágico do que a chacina da Candelária. Os noticiários de fofoca não relataram o fato de as duas terem decidido morar juntas como algo positivo, muito pelo contrário. Mães, pais e famílias inteiras ficaram contra essa decisão e Marcela perdeu influência no mercado, assim como Dani Amorim perdeu fãs, dos mais religiosos. Escutava-se gente falando nas esquinas que era um comportamento inaceitável, que a cantora já era negra e teve a sorte de ter feito muito sucesso, agora, se não bastasse a cor, queria ser lésbica. O mar de preconceito não estava para peixe e de ressaca, arrastava qualquer um que estivesse a favor delas duas. No meio artístico a vida pode ser um sopro, assim como a própria vida de alguém. Uma hora você está na crista da onda e, na outra, um caixote te empurra com a cara na areia. As duas não estavam sabendo lidar com tanta mensagem negativa sobre o amor delas e passaram um tempo infelizes com toda a situação que criaram juntas, Marcela e Cleópatra achavam que eram culpadas por tudo o que estava acontecendo, o que se tratava de uma injustiça.

Mãe, o povo não aguenta ver felicidade alheia. Vocês duas fizeram o que muitas mulheres gostariam de fazer agora mesmo e não têm coragem. Você está revolucionando uma parte da sociedade e deveria sentir orgulho disso. Não está sendo fácil, eu sei. Para mim também não foi no começo, mas eu aprendi que a minha mãe é livre para fazer o que quiser da vida e que isso tem que valer para qualquer pessoa e sem falar que a Marcela é alguém que te respeita, ao contrário do que meu pai fez a vida toda. Será que vale mesmo a pena sofrer do lado de alguém que não se ama para manter aparências? Eu acho que não mesmo, mãe, disse Amora.

Mas, as coisas não são tão simples assim, Amora. O pessoal da gravadora está contra a Marcela, você sabia que querem tirá-la do conselho e da presidência do selo? Tudo isso porque ela está com uma cantora da gravadora e porque somos mulheres. Tem gente fazendo piada com a minha cor e dizendo que eu sou a nova faxineira da Marcela. Isso tem me deixado infeliz, argumenta Cleópatra.

Eu sei que isso é imperdoável, mãe. Estamos envoltas num mar de preconceitos. Mas, alguém precisa parar com isso, vocês precisam ser fortes e encarar o que está para acontecer. Ninguém pode dizer o que é melhor para as outras pessoas.

Amora já não tinha mais palavras para consolar sua mãe depois do que escutou. As duas se abraçaram e ficaram um tempo juntas no sofá da sala de estar. Muitos eram os tabus a serem quebrados por essas duas mulheres que tentaram viver sob o mesmo teto e cuidando das próprias vidas.

As principais manchetes de revistas de fofocas eram sobre Dani Amorim e Marcela. As pessoas zombavam das duas quando resolviam tomar um sol na areia da praia ou quando queriam almoçar em um restaurante. Marcela sendo ameaçada de perder sua carreira profissional e Cleópatra sendo alvo de preconceito em toda a parte.

Meu bem, não tenho uma notícia boa para te dar. Eu gostaria que tivesse, para variar, mas as coisas não andam bem. Aquela emissora que fez o convite para você cantar na abertura da Copa do Mundo cancelou de última hora e vai colocar uma outra mulher no seu lugar. O motivo que eles deram foi estapafúrdio. Está nítido que tem a ver com tudo o que nós estamos passando juntas, conta Marcela para Cleópatra.

Eu tinha uma sensação sinistra de que isso fosse acontecer, Marcela. Quem é que ia querer que uma preta e lésbica aparecesse na televisão brasileira enquanto o país vive a emoção de uma Copa do Mundo? Teria que ser muito inocente para não pensar nessa possibilidade. As pessoas não estão prontas para esse tipo de relacionamento que nós duas assumimos. Acho que é melhor sair do Brasil...

E deixar as pessoas falarem o que quiserem da gente sem que possamos nos defender? Perguntou Marcela em devolutiva.

A gente não está bem. Às vezes acordamos sem dar bom-dia uma para outra. O meu receio é que comecemos a nos odiar pelo que está acontecendo com nossa vida pessoal e carreira. É isso o que você quer? Questionou Cleópatra.

Claro que não! Eu jamais te culparia por uma coisa assim...

Ficou claro que havia um descontentamento de ambas as partes sobre o que estava acontecendo com as vidas profissionais e Dani Amorim vivia para cantar. Cleópatra sabia disso e entendia que, se não deixasse Dani vir comandar de vez em quando, tudo cairia em ruínas, ficaria mal de novo, depressiva. À altura desse campeonato de múltiplas identidades, as duas já tinham alcançado um equilíbrio e, se tudo não pudesse caminhar com alguma regularidade, a fase mais tranquila da vida de Cleópatra poderia acabar. Marcela não fazia ideia do que se tratava aquilo, pois jamais conversavam sobre as personalidades. Algo era notado por Marcela, que acreditava ser o jeito de a artista se expressar.

O telefone tocou e Renata atendeu da extensão da varanda da entrada principal. Estava fazendo um lanche antes de sair para as suas aulas de mestrado. Chamou sua mãe, que atendeu prontamente do quarto. Era a gravadora e eles queriam marcar uma reunião com Marcela e ela. Teria se ser no mesmo dia, pois não tinham tempo a perder. Não disseram ou adiantaram o assunto por telefone, se as duas estivessem fora da cidade, seria impossível atender a esse pedido. Elas foram no mesmo carro e decidiram que subiriam juntas e de mãos dadas para que todos vissem que, apesar das considerações sobre a apresentação da Copa do Mundo, elas estavam mais juntas do que nunca. Estavam certas de que iam dizer para quebrarem o contrato e que não poderiam fazer mais nada. Nem chegaram a falar do que se tratava pelo telefone e, nesses anos todos de contrato, nunca tiveram uma reunião tão emergencial dessa forma. O que elas não esperavam é que a venda dos discos cresceria absurdamente de um dia para o outro. Tudo o que a mídia estava fazendo contra teve uma repercussão inesperada e o grande público mostrou de qual lado ele estava. A gravadora marcou uma reunião em cima da hora porque queriam que elas vissem as centenas de cartas que chegaram no prédio principal da presidência e, além disso, queriam pedir desculpas pelo ocorrido com a apresentação na Copa do Mundo. Não era isso o que eles desejavam, mas foi um pedido diretamente da rede de televisão que transmitiria os jogos. Mas, pelo que estava acontecendo com os fãs, certamente eles voltariam atrás na decisão e combinaram de pedir um valor de cachê mais alto para Dani Amorim.

Eu sei que eu nunca falo para vocês da minha vida que ficou lá no passado do nordeste. Mas, uma coisa que eu aprendi desde jovem é: não mexer com gente grande. Disse Dani Amorim, que foi à reunião personificada como a cantora que todos conheciam.

Mas, é a sua chance de bater na cara desses hipócritas que ligarão pedindo para você voltar. Nós sabemos que é tudo pela audiência. Porém, uma coisa você tem que ter em mente. As pessoas estão ao seu lado e essa é uma ótima oportunidade para você levantar a nossa bandeira. Não estamos fazendo nada de errado, só decidimos viver juntas como um casal que somos e nin-

guém pode dizer que a nossa vida é errada. Não matamos nem roubamos ninguém, não estamos contra a lei. Só queremos ser livres, Dani.

Tudo bem, Marcela. Eu acho que você tem razão. Vamos pedir um cachê mais alto sim e começar alguma obra social para mulheres que se encontram na mesma situação que nós. Não vamos esquecer que sofremos preconceito na rua. Que mesmo com esse estouro de vendas, ainda tivemos episódios horrorosos nas ruas. Tem gente que apoia, mas uma grande maioria não quer nem saber e repudia, problematizou Dani Amorim.

Vocês duas têm razão. Acho que é a hora de vocês levarem em conta as pessoas que estão a favor e usarem a visibilidade que as revistas, rádios e televisão deram a vocês e partirem para ação! Apoiou o gerente de contas da gravadora.

Depois do sucesso de vendas e de uma apresentação impecável na abertura da Copa do Mundo, Dani e Marcela juntaram forças e o dinheiro ganho foi para criar e sustentar uma ONG pioneira no Brasil. Tratava-se de um espaço sem fins lucrativos que ajudava mulheres em situações de vulnerabilidade no País, tanto aquelas que eram violentadas e agredidas pelos maridos, quanto as que se assumiam lésbicas e eram alvo de preconceitos e também de agressões por parte das famílias e da sociedade.

Renata e Amora eram voluntárias da ONG, assim como muitas outras mulheres que queriam se envolver com o projeto novo. Era algo impensado para a época, mas, depois dessa fundação, muitas outras surgiram e começaram a desenvolver trabalhos incríveis, além de proteger mulheres e promover saúde e bem-estar.

Eram muitas novidades acontecendo na vida das duas e se elas pudessem voltar atrás, assim que o pesadelo começou, não poderiam imaginar que fizeram um limão com essa limonada. Cleópatra e Marcela eram um casal que se apoiava e que não desistiram de viver juntas apesar das situações complexas que viveram. Mas um fato é importante de frisar: esse preconceito atinge seriamente a vida das pessoas e, apesar de elas terem dado a volta por cima, sentiram-se abaladas com o que viram e ouviram sobre elas. É preciso pensar que muitas não têm o mesmo destino.

Quatro anos se passaram desde o episódio da apresentação da Copa do Mundo e a vida não poderia caminhar da melhor forma. Amora deu o primeiro neto à Cleópatra, depois que se casou com um médico famoso. Renata, mais devagar com os relacionamentos e filhos, preferiu estudar e cursar doutorado, além de viajar pelo mundo e conhecer diversas culturas. Com várias músicas lançadas ano após ano e todas se tornando sucesso nacional e com algumas sendo tema de novela no horário nobre, Dani Amorim havia conquistado o coração dos fãs e Cleópatra se sentia bem com a vida que estava levando, pois poderia ser ela mesma em casa, com Marcela, enquanto Dani saía para voar e cantar!

Mais ou menos em meados de outubro, uma carta de seu irmão mais velho, Napoleão, chegou e deixou Cleópatra surpresa. Ela não parou para pensar que, com toda sua fama, a família de outrora poderia achá-la mais facilmente, como aconteceu com o ex-marido Eduardo. Não foi algo surpreendente para Marcela, que já imaginava que algo do tipo poderia acontecer devido à fama e à riqueza da namorada. Não seria a primeira vez que os familiares aparecem do nada questionando o motivo pelo qual não foram ajudados com tamanha sorte que a irmã teve na vida.

A carta dizia:

Garanhuns, 15 de outubro

Querida irmã,

Aqui quem está falando é o seu irmão Napoleão. Você se lembra de mim? Espero que sim. A gente não se fala faz um tempo, aliás uma vida toda. Ficamos alegres de você ter conquistado todas essas coisas, mas também não quisemos entrar em contato antes porque tínhamos receio da sua interpretação sobre esse retorno.

Não queremos tomar muito do seu tempo. As coisas não caminham bem aqui em Garanhuns com o nosso pai. Ele está doente faz cinco anos e não quis que contássemos nada para você. O câncer atingiu todo o corpo dele e agora que deu metástase ele está numa fase de querer se despedir de todo mundo e não para de falar de você e da nossa mãe, cujo paradeiro não sabemos. Não sei nem se ela está viva ou morta, mas descobri seu endereço para envio de cartas de fãs. Eu espero que você mesma receba essa carta e não seja alguém que a descarte sem que ao menos você possa ler com atenção.

Cleópatra, sei que não deverá ser um problema você voltar para Pernambuco e se despedir do nosso pai. Ele não foi uma boa pessoa com você, reconheço muitas das maldades feitas com você e à nossa mãe. A ela eu não consigo perdoar, mas você era uma criança e sei que não ia conseguir tudo o que conquistou se tivesse ficado por aqui. Se gostar um pouco da gente, volte apenas por alguns dias e depois retorne à sua vida normalmente. Prometemos que não vamos te incomodar mais.

Com amor,

seu irmão Napoleão.

Cleópatra leu a carta em voz alta para Marcela escutar e não ficar muito aflita. Ela não conhecia quase nada da sua história e há pouco soube que ela era de Pernambuco, mais precisamente de Garanhuns. Sem saber o que fazer, as duas recorreram à opinião de Renata, que era uma pessoa sensata e saberia dar um bom conselho naquele momento. O que Cleópatra tinha receio era de contar essa história para as gêmeas, já que elas não faziam ideia dessa família que ficou perdida há anos. Com exceção daquela carta da avó que ficou meio misteriosa para elas, não houve mais perguntas sobre o assunto. Para Renata e Amora, a família delas se resumiam na avó e no seu segundo marido, que achavam ser o primeiro e único avô.

Abaladas com o que descobriram, nem mesmo Renata teve uma resposta para a realidade que acabou de encontrar. Entristecida com as palavras da mãe, depois de ler a carta do tio que não sabia que tinha, saiu de casa e passou longas semanas fora. Amora também teve uma reação parecida e cortou relação com a mãe e a madrasta. Só voltaram a se falar quando a filha nasceu, pois Cleópatra não quis deixar de prestar assistência e amor ao novo membro da família, sem contar que já tinha passado separações demais na família e não suportaria mais uma, ainda mais com as filhas tão amadas.

O custo dessa revelação foi uma viagem de Cleópatra e Marcela às pressas para Garanhuns. A carta não precisava quanto tempo de vida o pai ainda tinha, então resolveram que não iam esperar tanto assim. No aeroporto, Cleópatra disse que contaria toda sua vida para Marcela enquanto viajavam para a cidade onde nasceu e atentamente a namorada escutou tudo o que ela tinha a dizer.

A cantora contou tudo sobre Moacir, a vida na feira, as agressões do pai e o abandono da mãe e como foi esse reencontro no Rio de Janeiro, em Marechal Hermes. Falou também do primeiro casamento, que era pouco mencionado. Não esqueceu de dizer que não pôde estudar e que os pais odiavam a voz dela, que não queriam saber dela cantando em casa. A única coisa que não contou foi o fato de ela conversar com amendoeiras e com a lida com duas personalidades diferentes. Inclusive, achava curioso ela não ter reparado ainda, mas, já que não perguntava, continuava mantendo esse pequeno detalhe de sua vida às escondidas. Achou que era melhor cuidar disso sozinha, nem tudo precisava ser dito. Além do mais, ela nem sabia que o que tinha era caracterizado por mais de uma personalidade. Em sua mente, as coisas funcionam assim e, se estava indo bem, não teria nenhum problema. Para ela não existia uma outra explicação, sua realidade era assim e ponto final.

Marcela sabia que sua amada era uma mulher sofrida, seus olhos não deixavam se enganar, mas não tinha ideia do quanto sofreu nessa vida. De certa forma entendeu sobre ela não querer contar dessa passagem porque realmente mexe muito com o psicológico e é como se fosse reviver aquele passado jogado para trás. Cleópatra conseguiu todo o apoio que gostaria da sua namorada e seguiram juntas para mais esse desafio que se apresentava.

Durante o voo, Cleópatra aproveitou para descansar um pouco... As nuvens no céu pareciam *marshmallows* deliciosos, ela era o próprio avião, voando, pairando e cortando o ar em uma velocidade considerável. Seu sonhos pareciam tão reais quanto se estivesse de olhos abertos, às vezes não conseguia diferenciar uma coisa da outra, mesmo porque, quando acordava, tudo ficava tão latente em sua mente que até confundia assuntos ou diálogos que houve nos sonhos com situações vivenciadas já quando estava acordada. Durante o sonho, depois que seu corpo pousou em sua cidade natal, sentiu a vibração da terra como se ela estivesse voltando para casa, lugar de onde nunca deveria ter saído. Correu sem nenhuma proteção nos pés e foi diretamente à rua da fábrica abandonada, queria ver se ainda estava no mesmo lugar e do mesmo jeito. Para sua surpresa, o edifício que abrigava a antiga fábrica de amianto, onde seu pai trabalhava até que ficou doente, teria se tornado um grande parque de diversão. Ela aproveitou para entrar na casa de espelhos e ficou realmente tonta com tantas imagens suas refletidas, um pouco enjoada, não conseguia deixar de olhar para uma imagem especificamente, conforme o sonho, cada reflexo tinha um jeito, uma cor, formas de vestir, estilos e gêneros diferentes, um grande espelho fragmentando as personalidades criadas por Cleópatra. Quem chamou sua atenção foi uma criança que tinha seu rosto e o mesmo vestido que costumava usar aos domingos, por ter sido o melhor tecido de corte e costura que sua mãe lhe fizera. A menina, que tinha o mesmo tom de cabelo e o mesmo penteado, aproximava-se cada vez mais até chegar tão perto, mas tão perto de Cleópatra, que deu para ouvir uma mensagem que ela trazia: "Eu quero voltar a ser criança, me tire imediatamente dessa prisão que você me guardou!" Assustada com a voz intrigante, mas bem parecida com a sua quando era criança, despertou com o barulho que a comissária de bordo fazia ao oferecer um lanche durante a viagem.

Com um olhar distante, Cleópatra não estava entendendo como ela apareceu do nada dentro de um avião se encontrando com o seu eu-criança dentro de um espelho em um parque de diversão. Mas, como foi surpreendida com um lanche e a voz suave de Marcela lhe oferecendo um chá, logo esqueceu do que sonhava e bateu um papo com sua namorada até que estivessem em solo, em Garanhuns.

Capítulo 7

Reencontros

Renata não tinha o menor interesse em ficar sem notícias da mãe, apesar das últimas notícias que abalaram a família. Depois de muito pensar, novamente, deu crédito a sua mãe, em uma ligação que durou quase todo o tempo de conexão de Belo Horizonte para Pernambuco. Cleópatra acabou contando tudo o que se passou em sua vida e sua filha procurou entender seus motivos, mas ratificou que, em algum momento, procuraria parte dessa gente que está perdida, ao menos para ela. Sem objeções, desligaram o telefone ao se despedirem afetuosamente. Marcela estava preocupada com a reação de Cleópatra quando visse seus irmãos e pai novamente, tentando manter-se bem para dar o apoio necessário. Mesmo com todo esse tempo e com uma história nada amorosa, perder um pai nunca é bom e ela sabia o que era isso, já tinha vivenciado essa dor.

Ao chegarem em Pernambuco, alugaram um carro e seguiram para Garanhuns. Entre risadas e choros, Cleópatra foi mostrando alguns pontos da cidade que eram familiares. Algo não estava bem com essa volta e ela sentia na pele e na mente que mudanças estavam para acontecer em breve. Ligou para Napoleão que atendeu e ficou esperando o carro chegar do lado de fora de casa. Avistando a rua que agora era asfaltada, a antiga fábrica se tornou um mercado (e não um parque de diversão como em seu sonho) e a zona que antes era de muito verde deu espaço a condomínios e shopping center. Ainda assim, Garanhuns mantinha um ar de cidade pacata e continuava pequena, como Cleópatra a deixou anos atrás. Inclusive o Relógio das Flores, que é um atrativo turístico do lugar, continuava verde e lindo como sempre. Fez questão de mostrá-lo à Marcela e dizer que este era o único relógio que nunca atrasava no mundo inteiro!

Napoleão estava com sua esposa Débora, no portão. Grávida de um menino, o casal tinha também uma filhinha de cinco anos. Ao descer do carro, sem saber o que fazer, apenas disse boa tarde e seu irmão seguiu com as apresentações.

Esta é Débora, minha mulher. Uma grande fã sua.

Obrigada, Débora. É um prazer te conhecer. A sua barriga está linda, é para quando?

Já estou sentindo algumas contrações. Se duvidar chega antes de você voltar para casa.

Mantiveram a amendoeira? Perguntou Cleópatra, ao avistar os galhos da árvore que foi sua amiga por algum tempo.

Sim, meu pai nunca quis tirá-la do quintal, apesar de as raízes estarem entrando por baixo da casa e uma hora precisar tirar de verdade. Venham, entrem. Meu pai está esperando. Convidou Napoleão.

Voltar àquela casa era o mesmo que voltar no tempo. Não fizeram nenhuma obra substancial que mudasse a aparência do lugar. Até a árvore estava lá, no mesmo lugar, certamente o banquinho de madeira já tinha virado lixo, mas as folhas estavam mais verdes do que nunca, balançando como se bailassem contra a ventania que estava chegando.

Pelo cheiro da terra molhada, vai chover. Disse Marcela.

Na sala de casa, havia uma mesa de jantar que parecia ser a mesma dos tempos de criança. O sofá era novo e a estante também. Alguns discos jogados em uma cadeira, inclusive todos os de Cleópatra. Era Débora que estava ouvindo e Carlos costumava pedir que colocassem.

Agora ele quer ouvir a minha voz? Retrucou Cleópatra.

Todos os dias depois do almoço, sim. Respondeu Napoleão.

Haha! Parece até piada... Soltou a frase sarcástica.

Os outros irmãos ainda não tinham chegado de seus respectivos empregos, somente Alexandre ainda morava na casa com o pai. Era preciso ter alguém o tempo todo com ele nesse momento, pois não conseguia mais se locomover sozinho. Apesar desses itens normais para uma sala de estar, o espaço contrastava com uma grande cama de hospital. Os vizinhos fizeram uma vaquinha e compraram para Carlos ter uma qualidade de vida mais natural possível, diante do que estava ocorrendo.

Ofegante e nervosa para esse encontro, Cleópatra pediu para ir ao banheiro antes de entrar no quarto. Seu pai estava esperando por ela sentado em uma cadeira de balanço, espiando a janela. Ao entrar no banheiro, lavou o rosto que pingava de suor. Estava tentando se desvencilhar da voz que estava ouvindo. Era uma voz de criança e não sabia distinguir quem poderia ser, já que a sobrinha que acabou de descobrir estava deitada e dormindo no sofá, era muitíssimo parecida com a voz do sonho e, então, desesperou-se. Porquanto mais nervosa ficava, mais a voz ressoava em sua cabeça. Ficou preocupada com o tempo que se manteve no banheiro, mas ninguém foi tolo o suficiente para bater e pedir para sair. Esperaram o tempo que foi necessário para ela criar coragem e ir até ao pai. Não faziam ideia do que estava acontecendo lá dentro com Cleópatra, pálida e lavando o rosto descontroladamente com uma voz de criança na sua mente. Quando resolveu olhar para o espelho, tomou um susto com a figura que estava vendo. Era uma mistura da sua imagem quando tinha oito anos, porém estava com um vestido preto, fúnebre e o rosto com partes necrosadas. Chegou à conclusão que se tratava dela morta, quando criança. Não entendendo bem o que estava acontecendo, Cleópatra perguntou para a imagem:

Quem é você?

Por acaso não está me reconhecendo mais? Foi embora daqui e me deixou com esses pilantras e agora não sabe mais nem quem eu sou?

Não entendo, essa sou eu quando tinha oito anos, mas por que eu estou com essa cara de quem está morta?

Eu sou a Cleo, a garota que você deixou aqui para morrer com tantas porradas do seu pai. Um dia, ele estava tão bêbado que achou que eu fosse a mamãe e me bateu na cabeça tão forte que eu simplesmente desmaiei e não voltei mais à vida.

Não pode ser! Como isso é possível? Eu estou viva e morando no Rio de Janeiro, sou famosa e consegui tudo o que eu quis na vida!

Menos o amor do seu pai, não é mesmo? Eu sou você, Cleópatra. Eu sou a Cleo, a garotinha que teria morrido nas mãos do pai se você não tivesse resolvido fugir e procurar viver em outro lugar. Eu resolvi aparecer só para você para lhe avisar uma coisa: Não acredite no que este velho vai te dizer. Não o perdoe. Ele quer apenas o perdão porque está com medo de queimar no inferno! Mas ele fez da minha vida um inferno. Da nossa vida. Não deixe ele te enganar com essa doença que ele mais que mereceu ter!

Atônita com o que acabou de acontecer, Cleópatra retornou do delírio quase que instantaneamente depois que Cleo deixou-a sozinha no banheiro. Mais de vinte minutos se passaram e todos estavam esperando por ela, certos de que filha e pai se encontrariam. Porém, as expectativas foram quebradas assim que Cleópatra olhou para Marcela e pediu para ir embora. Não estava pronta para ver o pai. Não era a hora certa e prometeu que ficariam mais uns dias em Garanhuns até que ela se sentisse melhor. Ficaram hospedadas em um hotel ali perto, então partiram para lá na sequência desse momento infeliz.

A voz voltou assim que olhou de novo para a amendoeira. A imagem de Cleo junto da árvore simplesmente a apavorou de forma que foi impossível guardar o grito. Napoleão e Marcela se assustaram juntos, pois não esperavam essa reação.

Ah! Ah! Não sei o que está acontecendo. Tem uma menininha me perseguindo. Me tira daqui agora, por favor. Pediu, chorando, Cleópatra.

Se acalme, meu amor. Foram muitas emoções fortes hoje. Vou te colocar para dormir e amanhã veremos o que você quer fazer. Não tem nenhuma menina aqui. Falou Marcela.

Com essa demonstração de carinho pública, Napoleão percebeu que estava diante da namorada da irmã e tentou tratar a situação como absolutamente normal, quando para ele não era nem um pouco. Machista, casou-se cedo com a filha do vizinho. Tampouco esperaria Cleópatra por mais essa notícia, pois Débora era filha de Moacir, que estava vivo e morava ainda no mesmo endereço. Não fazia ideia de que no dia seguinte teria que encarar o fato de que seus sobrinhos eram rebentos daquele homem que tentou tirar sua inocência naquele bosque perto da fábrica abandonada, que agora era apenas um mercado.

Amora, Amora. Tudo bem? Disse Marcela, ao telefone.

Tudo! Como estão as coisas por aí? Estava mesmo esperando por notícias.

Não muito bem. Digo, a sua mãe está bem, agora que conseguiu dormir. Mas foi um golpe duro para ela entrar de novo na casa e não conseguiu nem ver o pai. Foi embora antes de entrar no quarto.

Minha mãe não costuma ter essas reações, né? Eu acho que está sendo difícil para ela. Concluiu Amora.

Sim, por isso que eu queria saber se você não pode vir aqui ficar um pouco com a gente, fazer companhia para a sua mãe e ver se ela melhora um pouco e toma coragem para fazer o que veio fazer e logo irmos embora dessa cidade. Pediu Marcela.

Eu vou desmarcar todos os meus compromissos, mas só consigo ir amanhã.

Tudo bem, tudo bem. A gente deve ficar por aqui pelo menos uma semana ainda. Tchau e obrigada!

De nada. Desligou, Amora.

Sonhos terríveis impediram de Cleópatra descansar o suficiente para encarar a manhã seguinte. Marcela tentou entender o que ela balbuciava, mas só conseguiu escutar uma conversa como se fosse três pessoas diferentes, mas que Cleópatra insistia em dizer que todas eram ela mesma. Intrigada com o fato de ela ter gritado e visto alguém que não era real, sua namorada foi dormir pensando que talvez fosse o caso de chamar um médico. Não queria que ela tivesse uma recaída da depressão, pois era tudo o que sabia sobre as questões mentais da sua amada. Não quis chamar ninguém sem o consentimento dela, então, tentou dormir por mais algumas horas antes que os efeitos dos medicamentos para relaxar, que deu a ela, passassem.

Débora e Napoleão foram até o hotel bem cedo, preocupados com o estado de saúde da cunhada e da irmã. Já acordadas e tomando o café da manhã, convidaram-os para fazer o desjejum com elas. Napoleão não chegava a ser uma pessoa de quem Cleópatra não gostava, apenas não sentia aquele amor de irmão, pois, se bem lembrava, todos eles apoiavam o pai e nunca a defenderam.

De onde você é, Débora? Como se conheceram? Perguntou Cleópatra.

Sou daqui mesmo, cunhada. Nasci pelas mãos de Dona Preta, meu pai é vizinho do teu e são amigos de velha data. Explicou Débora.

Espera, que amigo é esse? Aflita, questionou Cleópatra.

É o Moacir. Napoleão me disse que você o conheceu antes de fugir para o Rio de Janeiro!

Mas, não pode ser. Eu teria te conhecido também! Você não parece ser mais nova do que nós todos. Eu conheço muito bem esse homem, uma bela escolha, hein, Napoleão.

Os olhares entrecruzaram-se.

Fiquei um tempo na casa de minha tia. Você não deve se lembrar que o parto da minha mãe foi complicado e aqui era muito frio para mim. Morei uns tempos com a minha tia e depois eu voltei para Garanhuns. Foi quando comecei a namorar o seu irmão. E qual é o problema com o meu pai?

Nenhum! Exceto pelo fato de ele ter tentado estuprar a minha namorada! Gritou Marcela bastante nervosa.

Esse foi um evento que não existiu. Meu pai já contou para a gente toda a confusão criada... Vamos esquecer esse assunto que está mais do que na hora de meu pai ver você. Napoleão tentou amenizar toda a situação embaraçosa.

Não querendo que Cleópatra voltasse àquela casa, Marcela pediu repetidamente que ela ficasse no hotel por mais um dia e depois tratariam de ir embora. No entanto, tomada pela raiva e dor, Cleópatra foi ao encontro do pai com o principal objetivo de brigar e soltar tudo o que estava guardado por todos estes anos, mesmo que o estado de saúde dele piorasse. Ela não estava disposta a ser amena com ele, depois de mais esse baque na sua vida. Questionou-se muito, durante o caminho até a sua antiga casa, se era possível um pai fazer isso com uma filha e além do mais colocar netos no mundo que teriam contato com um homem desprezível e abusador como Moacir. A única situação com a qual não contava era com Cleo tomar o comando da sua personalidade quando passou pelo portão e cruzou com a amendoeira. Ao entrar na sala, viu seu pai caído no chão, já morto e com as mãos apertadas como se estivesse sentindo dor no peito. A morte deve ter acontecido assim que Alexandre saiu para trabalhar e Napoleão foi para o hotel. Ninguém tinha como prever que a tragédia anunciada seria mais rápida do que pensado por todos.

Se duas personalidades eram inconcebíveis para Marcela, imagine três. Contudo, o que viu naquele dia foi mesmo assustador. Cleópatra estava falando como uma criança, chorando e pedindo perdão para o pai, que estava mais morto do que nunca.

Papai, a sua Cleo está aqui. Não vá embora, não agora, por favor!

Tiraram-na com alguma dificuldade do chão, junto ao seu pai. Todos os trâmites legais foram realizados e o sepultamento marcado para o dia seguinte. Não conseguiram tirá-la do quarto de Carlos. Cleo que não era mais a Cleópatra e nem Dani Amorim, naquela hora, estava completamente tomada por uma emoção que a impedia de soltar o travesseiro e levantar da cama. Com isso, ela dormiu e sonhou.

Era uma noite clara e estrelada. O vento gelado batia no rosto de Cleópatra que estava vestida com sua capa de estrelas e sentada diante da sua melhor amiga, a amendoeira. Passaram horas conversando sobre as outras duas personalidades que conviviam com ela. Indagando a amendoeira se isso era possível, a árvore respondia como se fosse uma pessoa comum. Disse que não era só possível como também outras personalidades mais poderiam aparecer a qualquer momento, bastasse que ela tivesse uma rachadura na sua vida, digo, um momento de forte emoção que a levasse a criar uma outra realidade para lidar com aquilo que estava sendo difícil vivenciar. Além de Dani Amorim, agora teria que conhecer e descobrir quem era Cleo, nos mínimos detalhes. Cleo não queria ser cantora, famosa e nem nada disso. Foi uma personalidade criada para tentar fazer com que Cleópatra não ouvisse mais o pai, que não teria nada a acrescentar na sua vida. Uma tentativa de não encarar os fatos da forma como estavam acontecendo, já que não considerava mais ver o pai nessa vida. A reação contrária de Cleo, quando viu seu pai morto, foi uma controvérsia compreensível, pois era amor que a menina gostaria de ter tido e o ódio é a mesma face do amor não correspondido. Se Cleópatra tivesse se recordado desse sonho, tudo teria uma explicação melhor. No entanto, ao acordar, teve que lidar com os preparativos do sepultamento de seu pai.

Capítulo 8

Chão de terra batida

Não se recordava de ter entrado no cemitério da cidade antes. A ideia de ver uma pessoa morta não a agradava nem um pouco, muito menos algum familiar, e olha que já estava saturada com aparências funestas depois que viu aquela menina desfalecida, que parecia contigo, pelo espelho de sua antiga casa. Desde nova, Cleópatra convivia com a morte, porém, indiretamente. Ficava sabendo de um caso ali e outro acolá de um parente dos pais que teve um infarto, um colapso, foi atropelado, morte morrida e morte matada, mas nunca visitou um cemitério antes de precisar enterrar o padrasto e a mãe, isso lá no Rio de Janeiro, e foi porque não tinha jeito, era preciso ir e se despedir dos seus. Em Garanhuns, foi a primeira vez. Enterro em cidade pequena é acontecimento histórico, seja lá quem for o "encomendado". Tudo ganhou uma proporção maior quando souberam que Dani Amorim, que não era conhecida assim em sua cidade-natal, estaria presente no sepultamento de seu pai, afinal era uma cantora famosa, uma figura pública que estava retornando à sua cidade natal. Esse tipo de informação mexe com o imaginário das pessoas e todos querem ver de pertinho a mulher que conseguiu sair do sertão e ficou rica no Rio de Janeiro com seu talento de cantora. Quem de fora estava, de toda a história, acreditava que Cleópatra, desalmada, ficou famosa e esqueceu-se dos seus. Os vizinhos mais ligados não julgavam, sabiam que tinham uma dívida com a cantora, já que ouviram sempre as agressões e nunca fizeram nada, sequer um curativo na menina que gritava por socorro quando Carlos aparecia pronto para mais chineladas e cintaradas. Só faltava a imprensa local dar o ar das graças no cemitério e foi justamente isso o que aconteceu, para horror de Marcela e Cleópatra.

Não tinha beleza artística nesse cemitério de covas rasas. Apenas uma secretaria, uma ladeira que dava para as capelas, uma do lado da outra, cada um com seus corpos a velar. Cleópatra não quis ficar por muito tempo dentro da capela, achava que esse tipo de costume deveria acabar, sem contar que administrar a voz de Cleo, ora feliz com a morte do pai, ora infelicíssima, pronta para mais um ataque de choro, era um gasto de energia surreal. Dani Amorim não deu o ar da graça durante esse calvário em Garanhuns. Não atrapalhou nem ajudou, se bem que, com tudo tão confuso, não atrapalhar já era uma grande ajuda. Dani não tinha o que fazer, não tinha música para cantar, não precisava estar presente e colidir com a existência de Cleo com Cleópatra. Cleo, apelido que ficou marcado somente na infância, depois que cresceu e foi para o Rio de Janeiro, sua mãe não o usava e muito menos ela queria que recordassem, mas, por algum motivo, a personalidade criança fez o uso dele. Marcela cuidou de todos os trâmites envolvendo custos, pois não queria que isso se tornasse tema para reunião familiar, o que deixou a todos os irmãos agradecidos.

Após três horas velando o corpo e a bajulação de gente da cidade, que se diziam fãs, era hora do momento final. Eram vielas apertadas, cada qual com cruzes e lápides. Cleópatra ficou pensando no que poderia escrever na lápide de seu pai: *Sua filha não sente saudades* e chorou, não por causa do pai morto, mas porque não conseguia sentir nada por ele. Não o reconhecia como pai, não sabia o que uma figura paterna era por direito. Ela sabia do que era feito um pai, mas nunca entendeu o que faz um pai. Até mesmo Eduardo, com quem se casou, ela amou e quis criar uma família, muito mais porque era assim que as coisas funcionam do que por analisar o que queria. Já que Marcela era diferente, ela sentia que se a perdesse morreria. Alguns trejeitos e características físicas a faziam lembrar-se de sua mãe, o que tornava o relacionamento ainda mais interessante para si.

Tocaram o sino três vezes e era hora de ver o caixão descer. Comovida com a emoção dos irmãos, tentou chorar e não conseguiu, o que não passou despercebido pelas pessoas e viria se tornar manchete nos noticiários, posteriormente. Nesse momento, enquanto todos acompanhavam o enterro, Cleo forçou a barra e Cleópatra não conseguiu mais conter. A criança veio com vontade e disse todas as verdades que estavam entaladas na garganta de ambas, inclusive. Gritou com uma voz infantil para quem quisesse ouvir sobre as agressões que sofria, sobre a fuga para casa da mãe e também acusou Moacir pela tentativa de estupro há anos. Todos encararam a cena como aquelas loucuras que passam as pessoas quando têm alguma perda significativa. Com exceção de Moacir, que quis partir para cima dela, já muito idoso, não conseguiu nada, além de um empurrão de Marcela. O que era para ser um enterro sutil, virou a notícia do momento em toda Pernambuco. A mídia não aliviou e conseguiu que diversas pessoas dessem entrevistas, até quem não estava lá contava sua versão dos fatos. O Brasil todo ficou sabendo do episódio estranho na pacata Garanhuns e sobre sua família que fora omitida por longos anos.

Dessa vez, a situação não passaria sem questionamentos de Marcela. Quando a poeira baixou e as duas já estavam no quarto do hotel onde estavam hospedadas, perguntou o que estava acontecendo, pois sua preocupação estava começando a ficar séria. O que seria aquela voz e trejeitos estranhos, como se fosse uma criança no cemitério? Cleópatra não quis responder e se limitou a dizer que sua mente estava fervilhando, que precisava dormir e, para isso, teria que tomar algum remédio. Marcela chegou a pedir para irem ao psiquiatra juntas, mas, no meio do pedido, Cleópatra dormiu.

Eram três horas da manhã quando Marcela percebeu que Cleópatra estava pálida feito pedra mármore e se desesperou. Achou que estava passando mal do coração ou algo do tipo, no entanto, ao notar a gaveta de cabeceira, achou duas cartelas inteiras sem comprimidos, aos quais haviam comprado ontem em uma farmácia. Sem acreditar que aquilo era uma tentativa de suicídio, ligou desesperadamente para uma ambulância e para a gerência do hotel. Ao checarem o pulso, batendo fracamente, levaram-na imediatamente para a emergência do hospital da cidade. Quase quatro horas depois e com lavagens estomacais, Cleópatra foi enviada para um quarto a fim de que ficasse em observação.

Passado o susto, Marcela teve que dar explicações sobre o que estava acontecendo à gravadora. Não poupou esforços para avisar que a artista estava precisando de férias e havia encontrado um problema maior do que imaginava com seus familiares. Com a corda no pescoço e com os empresários em cima, deram três meses para a cantora se recuperar da turbulência em sua vida e nada mais além disso, pois tinham projetos para tocar e precisavam que a artista melhorasse logo essa imagem dela que estavam passando na mídia. Apesar de achar que não era tempo suficiente, Marcela achou melhor aceitar de bom grado e pedir mais tempo depois, se fosse o caso.

É até a poeira baixar, Cleópatra. Você não está bem. O que aconteceu com você? Por que está agindo dessa maneira e sem conversar comigo? Você tem ideia do susto que eu tomei quando eu te vi deitada na cama, quase morta? Indagou Marcela.

Eu sei, eu sei. Me desculpe. Não estava agindo com a minha cabeça. Acho que você não entende. Afinal, se nem eu entendo, como é que você poderia entender. Eu não sei o que acontece comigo, quando eu vejo já aconteceu. Respondeu Cleópatra.

O que foi aquela cena no cemitério? Eu sei que você guardava raiva dele, mas não sabia que faria aquilo tudo na frente de tantas pessoas que não conhecem sua história. Marcela continuou com a conversa.

Você nunca vai entender, Marcela. Eu ouvi vozes de uma garotinha e quando eu percebi a garotinha era eu com oito anos de idade. Aposto que você nunca ouviu vozes saindo da sua cabeça assim do nada. Não é uma pessoa que está do seu lado falando alguma coisa. É uma voz que sai da minha cabeça e eu não sei como isso acontece. Cleópatra tentou explicar, quando uma enfermeira entrou e pediu para não forçar muito a cabeça da paciente.

Eu imagino que vocês tenham muito a conversar, mas agora não é o momento. A paciente precisa de repouso para se recuperar de tudo o que passou.

Marcela saiu do quarto chorando e apavorada.

Capítulo 9

O segredo é aceitá-la

Amora se atrasou demais para o encontro com a mãe. Ao chegar em Garanhuns, seu avô já estava morto e enterrado, e Cleópatra, quase. Naquele dia, culpou-se por não ter conseguido voo para a data escolhida, como se essa decisão estivesse em suas mãos. Fez o que pôde e o mais difícil foi dar as últimas notícias para sua irmã Renata. Assim que soube da tentativa de sua mãe, quis ir imediatamente para Pernambuco, mas não havia mais nada a ser feito, apenas esperar o tempo de recuperação para que pudessem sair daquele lugar. Napoleão foi o único a visitar Cleópatra no hospital, além de Débora, que parecia acreditar no que foi dito sobre seu pai no dia do enterro. Um olhar complacente, de demasiada indulgência, quase revelou tamanha sua empatia, como se soubesse o que sua cunhada estava passando. Uma lágrima escorreu sobre sua bochecha quando pegou a mão de Cleópatra e a beijou. Não se escutou um pedido de desculpas, mas o sentimento era de tê-lo dito, por ele.

Marcela e Renata ficaram por mais um dia no hospital esperando a alta e, assim que a liberaram, trataram de fazer as malas para voltarem ao Rio de Janeiro. Não se falou sobre nada daquilo até que a própria pudesse puxar o primeiro assunto. Como não ocorreu, chegaram em casa tão caladas quanto saíram mudas.

Em sua primeira noite após voltar ao Rio, Cleópatra não conseguiu dar conta das suas personalidades e em frações de segundos cada uma ia aparecendo como se estivesse em transe especial. Todos viram e ouviram Cleópatra ser Cleo, ao passo que foi Dani Amorim, e quando tudo veio à tona, em um surto, Marcela entendeu que não era uma forma de expressão artística, mas um transtorno que precisava ser avaliado por um médico. Aquela noite foi longa, pois, conforme as personalidades iam surgindo, mais confusa e transtornada ficava e, com isso, agressiva. Tinha certeza que via seu pai na sua frente, quando na verdade era nada além menos que a própria Marcela que tentava acalmá-la. No primeiro tapa que tomou, viu que não conseguiria contê-la sozinha e chamou o marido de Amora para ajudar. Foi se acalmando aos poucos, mudando de agressão para um choro intenso, até que a convenceram a tomar um calmante. Enquanto dormia, Amora procurava o telefone de um médico que era de confiança da família, que atendia os famosos quando algo parecido acontecia.

Antes mesmo que ela pudesse acordar, o Dr. Ângelo estacionou o carro no estacionamento da casa de Marcela e Cleópatra. Foi recepcionado por Amora que contou o que havia passado. Tempo depois, Cleópatra acordou já com o médico ao seu lado esperando uma conversa importante e todos saíram do cômodo. Ela foi solícita e dócil, respondendo a todas as perguntas que foram feitas. Não mentiu ou omitiu informações e o Dr. Ângelo chegou à conclusão de que se tratava de uma amnésia traumática com forte depressão. Ela não conseguia se recordar de que o pai estava morto, sequer lembrava de que tinha um pai, exceto pelo fato de ter se lembrado que havia enterrado alguém nos últimos dias, mas não sabia quem (sabia apenas que era algum familiar). Ele receitou alguns medicamentos e seguiu com o tratamento por cinco meses.

Entre uns esquecimentos ou outras situações inusitadas como de uma hora para outra a mãe conversar como se fosse ela própria e outra hora falar como se fosse uma criança, Cleo, ou cantar como Dani Amorim, Renata e Amora não se queixavam dos cuidados que passaram a ter. Mesmo com toda a situação embaraçosa e triste, entenderam que essa era a nova realidade da mãe e que haveria de ser assim daí para a frente. Ela já não cantava mais profissionalmente, exceto pelo fato de achar que seu quintal era um palco e fazer apresentações ali mesmo, como se tivesse uma grande plateia a ouvindo. Pedia constantemente sementes de amendoeiras e, como ninguém atendeu o pedido, resolveu que os galhos de plantas seria sua grande amendoeira do quintal de casa, lá em Garanhuns. Marcela não estava contente com o diagnóstico do médico que fez de sua namorada, grogue por muito tempo e dormir quase o dia todo, no entanto, quando tentava questionar os métodos usados pelo Dr. Ângelo, simplesmente não era levada em consideração por ele. Não chegou a dar uma explicação para as mudanças de personalidade, sequer tocou nesse assunto.

Cinco meses se passaram e Cleópatra parecia estar mais bem organizada, já conseguia sair e realizar tarefas simples como fazer compras. Conforme o tempo passou, a mídia não tinha mais com o que se ocupar, dando o desfecho que a cantora Dani Amorim se aposentou por ter ficado louca. Não era tão assediada nos shoppings centers por onde passava, pelo contrário, as pessoas queriam distância. Uma forma estigmatizada, rude e preconceituosa de concluir sobre a loucura. No dia de seu aniversário, Cleópatra pensou que estava na hora de largar os remédios por sentir-se bem e, sem contar a ninguém, passou a jogar os comprimidos fora. Não demorou muito para que as alterações em seu comportamento começassem a aparecer. A primeira delas se deu quando Marcela foi confundida de novo com o pai de Cleópatra e, muito nervosa, apontou uma faca para a namorada dizendo para "Carlos" sair imediatamente. Como se tudo não estivesse tenso, as personalidades voltaram a aparecer de uma hora para outra em um tom mais agressivo. Elas conversavam entre si, ignorando completamente Marcela, sob a mira de uma faca afiada. Contudo, apesar do risco, não deixou de notar uma quarta personalidade nova. Uma delegada de polícia chamada Ana Peixoto, era especialista em tráfico infantil e estava na cidade para investigar o caso do pedófilo Moacir.

Impressionada como a mente de Cleópatra podia funcionar, Marcela sentiu medo naquele momento e gritou. Não, quais características poderiam vir a ter um próximo personagem.

Hey! Não precisa gritar para mim. Eu já te reconheci, você é a minha melhor agente da delegacia de polícia. Cristiane, preciso que você pegue esse caso comigo porque ele é muito complexo e eu quero as melhores investigadoras por perto. O caso envolvendo tráfico de crianças com o cabeça do crime, um homem chamado Moacir, tem mais quatro irmãos que sequestram as vítimas e levam até o chefe. Contou Cleópatra a Marcela, durante um delírio, enquanto a personalidade de delegada Ana Peixoto.

Do que você está falando, mulher?! Até um minuto atrás você estava apontando uma faca para mim. Isso está ficando difícil, sabe? Não tenho como não pensar que é algo pessoal comigo e a qualquer hora apareço morta na cama. Não estou mais aguentando viver assim! Respondeu Marcela, desesperada.

Vamos rapidamente pegar a viatura. Não temos tempo a perder. Quanto mais ficamos aqui discutindo o caso, mais crimes esse Moacir comete na cidade. Você não vem comigo?

Não, eu não vou. Disse Marcela.

A gente treina essas investigadoras para na hora H ficar com medo! Deixa que eu vou sozinha, eu consigo deter esse monstro com as minhas próprias mãos. Exclamou Ana Peixoto ao correr para o carro.

Ao entrar no carro, que considerava ser uma viatura da polícia, Cleópatra, ou melhor, Ana Peixoto, percorreu as ruas da cidade procurando pelo criminoso Moacir, no alto de seu delírio. Sem achar uma pessoa compatível com as características físicas do meliante, foi se pondo cansada e com sono. Não sabia onde estava nem mesmo em qual estacionamento estava deixando seu carro e apenas saiu descalça em um bairro completamente desconhecido.

Tentando encontrar o paradeiro da mãe, perdida há um dia, Amora saiu pelas ruas para procurá-la. Ao passar por uma praça, perto do metrô que ficava próximo à sua antiga gravadora, avistou Cleópatra que, além de descalça, encontrava-se apenas de *short* e sutiã. Desmemoriada, não reconheceu a filha e resistiu para ir embora. Foi preciso Marcela aparecer para que pudessem ter êxito em sair dali.

Marcela deparou-se com um dilema. Ameaçada de morte pelo amor da sua vida, sabia que não era algo que estava falando por vontade própria, que se tratava de um surto, no entanto, com medo do que poderia acontecer quando mais um ocorresse, sentiu que era hora de ter uma conversa séria com Renata e Amora.

Em um primeiro momento, as gêmeas acharam que Marcela ia embora. De certa forma entendiam a complexidade da situação e não pediriam que ela ficasse, pois se tratava de algo delicado, envolvendo a própria vida da madrasta. Em momento algum isso foi cogitado por Marcela, que queria pedir, na verdade, que as duas se mudassem para a casa delas, pois, se algum problema acontecesse, teria ajuda e poderia contar com a família. Sem pensarem duas vezes, as irmãs se mudaram e ocuparam os quartos do mesmo andar. Marcela já não conseguia dormir ao lado de Cleópatra, pois ressentia-se das ameaças sofridas e também não queria dar oportunidade para as próximas. Entretanto, manteve-se firme ao lado da namorada prestando todo o auxílio necessário.

Oito meses depois, começaram a perceber que esse método do Dr. Ângelo não estava ajudando em nada, apenas amenizando e fazendo com que Cleópatra dormisse mais e quase não mantivesse uma conversa com as pessoas a sua volta. O problema é que não sabiam exatamente o que fazer, talvez procurar uma outra opinião fosse preciso.

No final de semana seria o Dia das Mães e todos estavam empolgados para fazer um belo almoço em homenagem à Cleópatra, que pediu sua comida favorita: moqueca de peixe. Animados com o fato de ela não ter surtado nos últimos tempos, a ideia de almoçar em família pareceu especial. Serviram a melhor moqueca da região na mesa principal do jardim. Rodeados por tulipas rosas e amarelas, os assentos brancos se reclinavam confortavelmente. De sobremesa, algo que lembrava Soraia, já nos tempos de Rio de Janeiro, quando, aos domingos, servia pudim de leite condensado.

À tarde seguiu agradabilíssima e com um toque de nostalgia. Amanda e Renata lembrando de quando eram crianças e Marcela chegou a contar piadas. No entanto, ao amanhecer, tomada pela Ana Peixoto, Cleópatra vestiu uma calça jeans, uma camisa de botão preta, tênis e avisou que ia checar a casa, pois havia chegado uma denúncia de que Moacir estava por perto. Dali por diante, foi só preocupação das pessoas presentes.

Vamos capitão, atende o telefone. Está demorando demais e eu preciso de reforços. Ana Peixoto falava sozinha ao tentar contato com um capitão que apareceu em seu delírio.

Ele não vai falar com você. Você precisa escolher melhor as pessoas com quem trabalha. Está na cara que esse capitão é comparsa do Moacir. Quantas vezes você viu ele mexer um pauzinho com as evidências do seu caso? Tudo o que você precisa fazer terá de ser sozinha, pois ninguém mais acredita que o Moacir é esse monstro há anos. Matar é a única opção. Respondeu Cleo com a sua voz tipicamente infantil.

Cleópatra, tudo era mais fácil quando éramos só nós duas. Não entendo o motivo pelo qual você deixou mais gente bater à sua porta. Agora eu nem consigo mais cantar direito e você não sai mais para comprar roupas de show *para mim.* Reclamou Dani Amorim.

Calem-se! Não veem que eu estou tentando contato com o capitão? Se o Moacir descobrir que estamos atrás dele, o plano terá sido em vão. Não tenho tempo para tratar dessa melação toda de vocês. Não veem que tudo isso vai acabar quando o Moacir for pego. Que a justiça seja feita! Exclamou a detetive Ana Peixoto.

Confusa com todas as personalidades aparecendo ao mesmo tempo, Cleópatra terminou de calçar o tênis e seguiu para a escrivaninha, abriu a gaveta e pegou as chaves do carro. Sem perceberem, abriu os portões da casa e acelerou com tudo. Foi caçar Moacir, mas a intervenção policial delirante não demorou mais que 5 minutos, já que ela bateu com o carro no poste da esquina da sua casa. Salva pelos *airbags*, suas filhas logo chegaram e concluíram que estava a salvo. No entanto, seguindo os conselhos do marido de Amora, foram até o Instituto Philippe Pinel, em Botafogo, para tentar um atendimento adequado para Cleópatra, que visivelmente estava precisando e definitivamente não era apenas dormir dopada.

Assustados, naturalmente, com tudo o que estava acontecendo e sem as instruções e orientações sobre o que Cleópatra realmente tinha, pensaram que neste hospital psiquiátrico, com emergência 24 horas, conseguiriam respostas e um tratamento adequado. Bastante desorientada e com um comportamento agressivo, pois notou que se tratava de um hospital e tinha medo de ser internada, Cleópatra precisou ser levada pelos enfermeiros até o médico que estava de plantão. O tratamento emergencial foi feito, garantindo que ela dormisse até que pudesse novamente acordar mais tranquila, mas, diferentemente do Dr. Ângelo, a família foi avisada que seria importante o acompanhamento dela por terapeutas no IPUB, Instituto de Psiquiatria da UFRJ, que era localizado no mesmo lugar, porém, era preciso de um encaminhamento, que foi feito com dia e horário marcado.

Não demorou muito para que o dia do atendimento chegasse e finalmente a família estava satisfeita por ela ser atendida em um espaço comprometido com um tratamento que não impedisse que a pessoa possa viver em sociedade. Depois dos delírios, Cleópatra se sentia mais calma e tranquila e foi assim que seguiu até o dia de encontrar com seu psicólogo. Meio avessa ao tratamento, reclamou, mas foi sem causar problemas. Ao entrar no IPUB, reparou uma série de quadros pintados pelo corredor principal que dava para uma praça e um espaço de convivência. Reparou em duas árvores distintas, uma amendoeira e uma mangueira, e fez uma careta para Amora, atenta a tudo e pronta para ajudar a mãe. Subiram algumas rampas até chegar nas clínicas. Havia uma fila nem tão grande e sentaram para esperar ser chamada.

Você está vendo, mãe. Não tem nada demais aqui. Você é muito desconfiada! Exclamou Renata.

Eu sei bem o que vocês querem comigo, vão me prender aqui... Vão me internar para eu deixar de ser um problema na vida de vocês. Contou ao chorar.

Jamais faríamos isso com você e, além disso, esse negócio de internação é coisa do passado, mãe. Não viaja na maionese, por favor. Reclamou Amora.

Cleópatra, pode entrar. Avisou o médico.

Além de Cleópatra, entraram Marcela, Renata e Amora. O que deixou a paciente nada confortável. O psicólogo e o psiquiatra presentes pediram para que deixassem ela sozinha com ele e foi assim que as três se retiraram da sala.

Conversaram por quase uma hora e depois as três foram novamente chamadas. O médico assegurou a importância do tratamento, que levassem Cleópatra semanalmente para o atendimento com ele, mas que era cedo para saber exatamente sobre o diagnóstico. O psiquiatra receitou alguns medicamentos que não deixariam ela dormir o dia todo e pediu para que os familiares tivessem paciência, que não tentassem mudá-la, mas respeitar que essa era a nova forma de ela viver no mundo e isso seria de suma importância para o sucesso do tratamento.

Toda quarta-feira, às 8h, estavam lá Cleópatra e Marcela, juntas para mais um atendimento. Conforme passava pela praça e avistava a mangueira e a amendoeira, Cleópatra fazia uma careta particular e, naquele dia, Marcela resolveu perguntar o motivo.

Não é que eu não goste de mangueira, mas eu prefiro amendoeiras. Sem contar que essa mangueira me encara negativamente. Respondeu Cleópatra.

O que você sente quando olha para a mangueira? Perguntou Marcela.

Ah, eu sinto que a qualquer momento ela levantará do chão e correrá atrás de mim.

A conversa cessou assim que começaram a subir a rampa.

Com o tempo, Cleópatra foi se inteirando mais do local onde se tratava e conhecendo mais pessoas, como pacientes e também funcionários que lá trabalhavam. Fez amizade com uma cozinheira e também com o responsável pelo espaço de pintura, o Ateliê da Vida, onde os pacientes se expressavam artisticamente. Havia pintura, música e dança, além de outras oficinas como de modelagem. Todas as modalidades artísticas eram utilizadas como terapia. Cleópatra logo se interessou pela música, empenhada por Dani Amorim, começou a frequentar a oficina. Alguns a reconheceram dos tempos de fama e logo se enturmou.

Marcela chegou à conclusão que a música era o grande terapeuta de Cleópatra e com o médico certo tudo ficaria bem. Inclusive, achou que só não surtou antes porque, como era cantora, isso fazia com que ela ficasse melhor por mais tempo. Explicações que os parentes e familiares tentam encontrar para aquilo que tinha grandes chances de acontecer para um psicótico. O delírio é uma forma que o psicótico tem de tentar se curar. Não é algo necessariamente ruim, como geralmente se pensa. Na tentativa de se organizar de tudo aquilo que está angustiando sua mente, aconteceu o delírio, que é a forma do psicótico se organizar, mesmo que seja minimamente.

A questão é que a psicose é extremamente estigmatizada. Se vocês soubessem que tem mais psicóticos andando pela rua, trabalhando no mesmo local que você, morando na mesma casa, pode ser sua mãe, seu pai, seu irmão ou seu marido, não teriam tanto medo assim. Muitas vezes o psicótico passa a vida toda sem surtar, são casos mais brandos e que nunca se saberá. Mas, quando se abre o surto, todos ficam preocupados. Com razão, mas não comparem os psicóticos com pessoas violentas e agressivas. Muito pelo contrário, há gente que se diz normal por aí matando e cometendo os mais graves crimes e não são psicóticos. O que pode acontecer é: durante um delírio, o paciente achar que está sendo ameaçado por alguém ou por algo e, por isso, tentar se defender. É por isso que Cleópatra precisa continuar aqui seguindo seu tratamento por tempo indeterminado. Ela vai sempre precisar de terapia e medicamentos, Marcela. Responde, ao ser questionado, o psicólogo responsável pelo caso.

Eu andei pesquisando e lendo muito, tudo por preocupação. O que ela tem de verdade é isso então? Cleópatra é psicótica? Pergunta a Marcela.

Depois de todo esse tempo de terapia e discussões sobre o caso dela, chegamos à conclusão que sim. Mas, para além da psicose, Cleópatra também tem múltiplas identidades. Não é algo que acontece com todos os psicóticos, não estão necessariamente relacionados. Mas, respondendo a sua pergunta, sim, ela é psicótica.

Como é isso? Ela nasceu assim? Continua Marcela.

Bom, não. Não se nasce assim, mas a infância é um período determinante para o sujeito apreender o mundo dessa forma, por assim dizer. Há muitas teorias que descrevem esse processo, o que você precisa saber é que Cleópatra não vai se curar porque a psicose não é uma doença, é uma condição, um transtorno. Então, não tente curá-la nem mudar seu comportamento. O importante é aceitar sua condição e ajudar no que for preciso e quando necessário. Ela é completamente capaz de viver a vida dela, poderá cantar se quiser, ela pode viver bem com o tratamento em dia. Explicou o psicólogo, que se retirou em seguida para atender a mais um paciente.

Marcela caminhou um pouco na intenção de tentar digerir o que acabou de escutar. Para ela a palavra psicótico não era tão comum como para um psicólogo que atende dezenas deles em um único dia. Sempre escutou as pessoas falarem que psicóticos são malucos, que não conseguem viver sozinhos, que é perigoso estar próximo de alguém assim, tão comprometido mentalmente. Durante suas associações, lembrou-se do famoso filme de Alfred Hitchcock chamado Psicose. Era um terror psicológico que ficou marcado no imaginário das pessoas e, logo, Marcela achou que nada estava bem. Entrou em contato com a Renata e Amora, explicou tudo o que o psicólogo falou e as três mulheres, apesar de nervosas, procuraram entender tudo o que foi passado e confiar que Cleópatra estava em boas mãos.

Às vezes os filmes podem fazer um grande desserviço para a sociedade. Não é porque um longa-metragem chamado Psicose ficou famoso que todos os psicóticos são assim. Sem falar que *se acrescenta um drama aqui e outro acolá para chamar a atenção das bilheterias. Eu acho que devemos confiar no que os profissionais estão falando,* opinou Amora depois de escutar Marcela.

Eu acho que você tem razão, Amora. Nossa mãe precisa de acolhimento, os transtornos mentais variam de acordo com a vida daquela pessoa e o que elas tiveram de experiência com o mundo. Vamos continuar cuidando da nossa mãe, concordou Renata.

Quando eu era mais nova, meus pais ainda estavam vivos, tínhamos uma bela casa onde passávamos as férias de fim de ano. Lá havia uma menina que deveria ter 17 anos na época e todos diziam que ela não saía de casa porque era esquizofrênica. Eu nunca entendi esse termo, mas escuto com alguma frequência lá no IPUB. Eu não consigo entender nada, mas, pelo o que assimilei do psicólogo da Cleópatra, cada caso é um caso e tem uns que são mais brandos e outros não. Ele me informou que o dela é um dos brandos, vai ficar tudo bem, gente. Eu sinto que ela está no lugar certo agora, concluiu Marcela.

É muito comum a família se chocar em casos como este, principalmente pela estigmatização social que envolve. Os loucos são sempre considerados inaptos a viverem independentes e as pessoas sentem medo do que pode acontecer ao conviver com um louco. A loucura não tem a ver com maldade, mas infelizmente nem todo mundo pensa dessa forma. A própria mídia se cansou de Cleópatra, ou melhor, Dani Amorim. Suas últimas aparições foram chacotas pela sua condição atual. No entanto, envolvidíssima com sua nova realidade, ela estava procurando a música novamente. Decidiu fazer as oficinas de músicas e tudo mais que tinha a ver com cantar, compor e dançar. Cleópatra e Dani Amorim estavam se conciliando de novo, com um novo espaço aberto para seu talento voar. Dois anos se passaram sem sobressaltos no tratamento, cada dia mais tranquila e organizada, o convívio com ela se tornou cada vez mais agradável. Não precisava esconder mais de ninguém suas identidades e, aparentemente, Ana Peixoto e Cleo foram embora. Apenas Dani permaneceu a cantar e produzir muito durante esse tempo.

Dani Amorim tinha planos de voltar aos palcos, mas, para isso, teria que tomar menos remédios para se sentir com mais força e disposição para aguentar a rotina da noite nos bares, portanto, começou a jogar fora os compridos que deveria tomar nas horas estipuladas, conforme seu tratamento. De alguma maneira, Cleópatra não se recordava o que Dani estava planejando e confirmava que estava tomando os remédios normalmente para Marcela, que não tinha razão para desacreditar, já que nesses dois anos ela mesma tomava e organizava os horários perfeitamente bem.

Os primeiros dias foram de liberdade, um sentimento de poder voar havia se estabelecido em sua mente e seu corpo colhia os frutos disso, estranhamente, começou a correr pelas ruas do seu condomínio e nadar na piscina, a fim de entrar em forma para as próximas apresentações, dizia ela. Marcela estranhava porque há muito ela não tocava no assunto de se apresentar para um grande público, mas não achou que ela tinha parado de tomar os remédios sem avisar a ninguém. Amora desconfiou porque achou uma cartela quase cheia na lixeira do quarto dela e isso foi motivo o suficiente para as duas entrarem em uma discussão daquelas.

Mamãe, tudo bem? Eu quero que você me conte a verdade sobre algo. Você promete? Eu vi que tinha uma cartela sua com seus medicamentos quase cheia na lixeira do seu quarto, você está parando de tomar o que precisa?, indagou Amora.

Amora, eu chego a ficar chateada com sua desconfiança. Se não for eu que desejar mais o meu bem-estar, quem então será? Sei que vocês me querem bem, mas não tem ninguém que queira mais bem a mim do que eu mesma, respondeu Cleópatra já quase gritando com a filha.

Você não precisa se alterar com uma pergunta tão simples! Além do mais, então por que tem uma cartela quase cheia no lixo? Não passou da validade que eu vi muito bem, questionou Amora.

Você não sabe de nada, garota. Fica me ameaçando. Onde já se viu a filha agora brigar com a própria mãe?! Sai daqui.

Você não me respondeu, mamãe.

Já em tom de que tudo ia piorar, Marcela interviu e pediu que Amora saísse do quarto. Cleópatra estava dizendo a verdade, pois não sabia que Dani Amorim estava negligenciando essa parte de suas vidas. Nervosíssima com a acusação, Cleópatra sentiu que Ana Peixoto queria falar e tentou sustentar sua não vinda a qualquer custo. Ela já tinha entendido que, se tudo virasse um caos novamente, sua vida estaria perdida. Saiu correndo do quarto para as escadas que davam para a entrada principal da casa, abriu as portas esquecendo-se de que estava descalça e, correndo, atravessou a rua sem perceber que um carro estava vindo em sua direção. Mesmo com a freada que o motorista deu ao perceber que uma mulher estava diante dele, não foi possível poupá-la de um atropelamento. Cleópatra, desacordada no asfalto quente, havia quebrado a perna e o caso parecia sério.

Foi encaminhada para o hospital Santo Agostinho, um dos principais centros de referência em traumato-ortopedia. Ícaro, diretor do lugar, era amigo do marido de Amora, que também era médico de lá. Encaminharam o caso para a cirurgiã de plantão, Irene. Cleópatra estava com o fêmur quebrado e a intervenção seria delicada. A médica foi conversar com a família enquanto preparavam a paciente para o centro cirúrgico.

Olá, eu sou Irene, a médica que vai operar a familiar de vocês. As circunstâncias são delicadas, mas eu acredito que ficará tudo bem com ela. Demoraremos em torno de 7 horas e se vocês quiserem ir para casa, descansar um pouco, não tem problemas. Ou se preferirem, aqui no hospital tem uma sala de espera com sofás reclináveis. Faremos de todo o possível para Cleópatra se recuperar logo, disse Irene.

Obrigada, doutora. Estamos apreensivas e ficaremos por aqui mesmo no aguardo, agradeceu Marcela.

Capítulo **10**

O caminho de volta

Deitada na mesa de cirurgia, ainda sem anestesia, os preparativos para a correção da fratura estavam prestes a começar. Cleópatra estava sonhando com as árvores na praça que ficavam no local onde se tratava. Havia uma mangueira e uma amendoeira e elas tinham formatos de mulheres, curvilíneas no tronco e os galhos e folhas faziam o formato de um cabelo longo e volumoso. Mangueira e amendoeira estavam em conflito. A amendoeira, ao defender Cleópatra, dizia para a mangueira parar de perturbá-la, que jamais ela tentaria acabar com a própria vida. Sarcástica, a mangueira respondeu apenas que esse atropelamento já era uma tentativa e que continuaria fazendo com que ela acreditasse que esse mundo não a servia mais. Em seu sonho, as árvores eram como pessoas, duas mulheres em conflito entre o bem e o mal e do que seria feito o destino de Cleópatra. Apagou dez minutos depois que a anestesia fez efeito e o trabalho de Irene começou.

Ícaro fez questão de acompanhar o caso de perto. Seu amigo era querido e um grande investidor do local, além de médico, foi o responsável pela publicidade positiva do Santo Agostinho por muitos anos, de forma que conseguiram muitos benefícios e alas especiais no empreendimento. Valquíria, mãe de Irene, fez questão de passar na sala de estar e falar com Marcela, Amora e Renata. Estavam contando com Irene e nada poderia dar errado.

Já passava das 20 horas quando Irene desceu para falar com os familiares de Cleópatra:

Boa-noite a todos. Bom, a cirurgia foi realmente delicada porque a paciente já tem uma certa idade e por isso que uma intervenção no fêmur inspira cuidados redobrados. Ela está bem, precisamos de paciência agora porque a recuperação não é tão simples. Ela está bem e vai se recuperar, porém a estimativa é de 6 meses a um ano e isso vai depender de como o organismo dela responderá à cicatrização e, claro, os exercícios com fisioterapia serão fundamentais, explicou Irene.

Foi aliviante para Marcela, Amora e Renata receberem uma notícia boa, apesar dos desafios que estariam por vir.

Nada como o tempo para trazer reflexões familiares. Todos ficaram realmente preocupados com o bem-estar de Cleópatra e se movimentaram para conseguir os tratamentos que fossem necessários para sua pronta recuperação. A família sempre foi bem unida, principalmente em torno da matriarca. Os momentos mais difíceis dos dias que passaram foram quando Cleópatra precisava se dedicar à fisioterapia. Não era sua atividade preferida no mundo, mesmo porque era um tempo que ela entendia como gasto por não estar compondo. Compor foi a forma possível que ela encontrou enquanto não podia andar ou se movimentar sozinha, livremente. Sua cabeça quase não aguentou tantas vozes falando consigo e cobrando que tivesse um posicionamento sobre a atual situação de seu físico debilitado pela fratura no fêmur. Era mais comum Cleo aparecer, aquela criatura infantil, com uma voz de cortar o coração quando começava a chorar se lembrando da vida em Garanhuns. Bastava qualquer lembrança de Moacir para Ana Peixoto tentar uma nova caçada, mas dessa vez sem sucesso, pois estava sobre uma cama a maior parte do dia. Dani Amorim talvez estivesse mais satisfeita com essa parada obrigatória, pois criar músicas também era uma atividade que julgava ser prazerosa. Aos poucos, Cleópatra percebe que não há como voltar ao passado e ser como era antes, até mesmo quando não existia nenhuma personalidade junto de si. Assim como tudo na vida, em constante transformação, era preciso aceitar aquilo que não dava para mudar e transformar tudo aquilo que estivesse em suas mãos. Esse era o sentido de compor naquele momento. Já que não dava para voltar atrás e não se envolver naquele acidente, melhor escrever do que estar com as mãos imobilizadas. Antes fosse o fêmur do que as mãos, pensou. Marcela também foi percebendo isso aos poucos, sabia que seu romance não seria o mesmo, que tudo havia mudado... Menos o sentimento que tinha por Cleópatra e, mesmo com as dificuldades que estavam encontrando, o amor e uma amizade genuína prevaleciam e se fortaleciam ainda mais.

Seu tratamento ficou em suspenso apenas nas primeiras semanas, pois não era possível ainda o uso de uma cadeira de rodas para transportá-la até o IPUB. Assim que Cleópatra conseguiu usar a cadeira de rodas, voltou às consultas. Com tantas músicas escritas, tratou de mostrá-las aos responsáveis pela oficina de música, que de tão animados propuseram, sempre que possível, uma apresentação com voz e violão para os outros pacientes, se Cleópatra topasse. Aquela informação foi o suficiente para ela procurar fazer o tratamento fisioterapêutico da melhor maneira possível, pois tinha um novo sonho, uma nova razão para viver, produzir e cantar. Seis meses se passaram até que Cleópatra pudesse voltar a andar novamente. Com mais independência, iniciou as apresentações e descansava em intervalos. Dani Amorim ficou conhecida como "A Poeta dos Loucos". As múltiplas identidades não eram motivos para envergonhar-se nas oficinas em que participava, muito pelo contrário, era um motivo a mais para os demais conhecerem sua arte. Havia alguma estrela no céu da vida de Cleópatra, que brilhava sem que ninguém pudesse ofuscar. E mesmo com os revezes da vida, ela procurava encontrar sua essência no que estava fazendo. Suas composições passaram a fazer tanto sucesso que ela e mais alguns pacientes fundaram um bloco de Carnaval que ficou conhecido como "Lou-Cura Sem Lei". Era a prova real de que o tratamento estava fazendo efeitos positivos na vida dela e dos demais.

Suas composições, quase todas samba, falavam da sua vida, sua história, sobre como era ser muitas em um só corpo, como era normal para ela se comunicar com uma amendoeira e até mesmo uma mangueira e o quanto seu mundo era possível de ser vivido, apesar de muitos dizerem que não. Infelizmente, não foi assim que funcionou durante muitos anos no Brasil, com uma sociedade que sempre estigmatizou e excluiu pessoas em sofrimento psíquico grave. Para se ter uma ideia, somente em 2001 que a Lei da Reforma Psiquiátrica foi criada no País, para proteger os direitos das pessoas portadoras de transtornos mentais. A luta antimanicomial procura zelar e trabalhar pelos direitos e por um tratamento mais humanizado dos pacientes que têm alguma doença mental, além de acompanhar os encerramentos das atividades dos manicômios e hospícios existentes no País. Sem esse direcionamento no tratamento de Cleópatra seria quase impossível que ela retornasse com alguma organização às suas atividades cotidianas, bem como realizar atividades que a relaxem de alguma forma. A arte é uma verdadeira terapia para a identidade Dani Amorim, que enxerga sempre a vida através da sua poesia musicada.

Vez ou outra alguém da imprensa dá uma sondada nos famosos e o que eles andam fazendo e, mesmo com o desaparecimento de Dani Amorim no meio, sua vida e curiosa história voltava a aparecer em alguma revista ou programa de televisão que se ocupava com a vida dos artistas. Foi assim que descobriram que ela estava com projetos novos envolvendo a banda Lou-Cura Sem Lei e sambas-enredos. Algumas notinhas saíram em jornais e entrevistas foram solicitadas à família, que recusou todas pensando no bem-estar dela. O que não se esperava era que uma revista, bastante conhecida no Rio de Janeiro, fosse publicar uma página inteira sobre os melhores momentos da artista, cantora e compositora Dani Amorim, desde o começo da sua carreira, os motivos pelos quais ela resolveu parar e como ela tem dado a volta por cima com as composições de samba-enredo. Não se sabe quem acabou falando com a imprensa, dizendo que era um amigo que não gostaria que fosse revelado, e contou tudo o que Dani Amorim estava fazendo nas oficinas de música que participava. Inclusive, um trecho de uma de suas novas músicas foi publicado, com os devidos créditos garantidos. Quando Cleópatra viu a notícia, sentiu-se homenageada, além de Dani Amorim sentir que poderia alcançar de novo sua fama que era tão amada nos melhores momentos de sua vida. Uma matéria que foi muito bem escrita, sem tons de críticas e com uma torcida que estava realmente fazendo votos para que ela pudesse voltar aos palcos, encheu o coração de Amora, Renata e Marcela de felicidade e começaram a, inclusive, cogitar a possibilidade de uma entrevista, caso a equipe que cuida dela não visse problemas. O sentimento na família era unânime: uma grande estrela nunca morre.

Todas as vezes que Cleópatra saía da sessão com seu psicólogo, sentia que algo aliviava, uma mistura de descompressão mental com alívio que vinha através da fala. Por diversas vezes sentia-se culpada por ser dessa forma, não queria conviver com múltiplas identidades, nem sabia que isso era possível até que disseram a ela sobre sua condição. Ela conseguia facilmente, agora que estava em tratamento, diferenciar as personalidades e até tentava conviver bem com elas, no entanto, nem sempre era possível. Quando havia algum tipo de conflito de interesses, imagine viver com vizinhos dentro de uma mesma casa? Você os conhece um pouco, mas não são íntimos, têm desacordos com quase tudo e os gostos eram completamente diferentes, pessoas distintas, vontades que mudaram o tempo inteiro. Tinha o hábito de conversar entre elas em qualquer lugar, o que causava medo em alguns, repulsa em outros e curiosidade na maioria das vezes. As vozes que passou a ouvir não tinham a ver com as identidades e, vez ou outra, essas mesmas vozes de comando apareciam para convencê-la a fazer algo ruim contra si. Até isso Cleópatra aprendeu a identificar e, mesmo que soubesse que as vozes não eram reais, não saíam da sua cabeça e isso provocava ansiedade, dor e o perigo morava no desespero e por isso seu tratamento era importantíssimo para sua orientação. Nenhuma voz cessaria por completo, nem tampouco as personalidades iriam embora, nenhum remédio cura, mas ajuda a controlar situações graves.

Ela tinha horror àquela mangueira que a fazia lembrar do dia em que escorregou e caiu quando estava fugindo de Moacir. Bastava ver a mangueira na área de convivência que um arrepio perpassava em todo seu corpo e os batimentos cardíacos aceleravam. Cleópatra não fumava nem bebida, mas, todas as vezes que se deparava com a mangueira, queria fumar e beber para ver se a angústia passava. Era tão brutal esse sentimento de desespero que a figura de uma mangueira provocava, simples para outras pessoas, mas não para Cleópatra, que passou a fazer uma campanha de tosa. Depois de alguns meses pedindo e sofrendo, ao ser escutada pela sua equipe, resolveram retirar a mangueira plantada ao lado da amendoeira e replantaram uma figueira no lugar. Sentindo-se mais aliviada por algumas semanas, Cleópatra começou a pensar que a enganaram e que, na verdade, plantaram de novo uma mangueira. Ficou aflita por mais algumas semanas ao pensar que aquele ramo pequeno de figueira fosse uma intrusa, uma espécie de espiã amiga da mangueira e entre essa e outros delírios foi seguindo sua vida da melhor maneira possível. A árvore ao lado, a amendoeira, essa sim era esplêndida só de olhar e como ela olhava por tempos longos para a amiga. Aquela árvore devia ter alguma coisa de especial, talvez, pensou Cleópatra, era da mesma família que a amendoeira que tinha no seu quintal, lá em Garanhuns. Não sabia dizer bem o que era, mas acontece que sua formosura era única e os galhos, todos ajeitados com suas folhas e copa suntuosa, formavam o corpo de uma mulher, uma pessoa que era tão especial quanto a sua mãe Soraia. E, aos poucos, foi percebendo que o tronco formava a cintura da sua mãe, os galhos mais grossos eram, claro, os braços, e os mais finos, junto com os frutos e folhagens, formavam o cabelo de sua querida mãe, que, apesar dos pesares, fizeram as pazes no final. Num rompante, Cleópatra gritou:

Está vendo minha filha! A sua avó está me vendo do céu! Ela ainda cuida de mim porque de mim eu não posso cuidar sozinha. Não estejas aflitas do lugar onde estás, eu estarei sempre me recordando da sua voz e do seu cheiro, aquele carinho que não me foi dado, mas que me dado foi e assim, mesmo atabalhoado, um sopro de carinho me foi concedido até que você teve que partir para o outro mundo. Me diga, mãe: faz muito frio aí?

Amora, que estava do seu lado, não respondeu. Já tinha entendido que aquele era o tipo de conversa que não se alongaria, pois era fruto da sua imaginação, não teria um começo, nem um meio e tampouco um fim. Bastou abraçar sua mãe para que as duas juntassem suas cabeças e ficassem caladas sentindo o momento e a brisa que indicava que o tempo estava mudando para uma chuva, em breve.

Sabe o por que eu te dei esse nome, minha filha? Perguntou Cleópatra à Amora.

Não sei não, mãe. Por quê?

Eu queria que fosse algo simples, não um nome complicado como o meu. O seu significa aquela frutinha mesmo, pequenina, de cor escura e doce. Você é um docinho. O meu amor, a minha Amora. Explicou sua mãe.

Foi muito bonito saber disso, mãe. Obrigada por contar. Adorei mesmo saber que pensou num nome assim para mim. Respondeu sua filha.

Não vá contar para Renata porque escolhi o nome dela. Uma vez eu li que tinha a ver com renascida ou rejuvenescida, sei lá. Não me lembro mais. Eu só tinha pensado em Amora, mas, como vocês vieram gêmeas, tive que pensar em outro depois. Renata Amorim não é um sobrenome feio... Disse Cleópatra.

Amora achou melhor não retrucar que "Amorim" não era o sobrenome delas de verdade e sim apenas o sobrenome artístico de sua mãe. Dani Amorim quer dizer algo parecido como "Amor para mim" e já que Amora e Renata são bem parecidas com Dani Amorim e uma quer dizer "renascer" e a outra soa como "amor", está tudo bem que ela pensasse dessa forma. Com o tempo, seus familiares aprenderam a não criticar os pensamentos e os raciocínios de Cleópatra. Fazia parte do tratamento que ela fosse aceita do jeito que era e que o acolhimento era um grande passo à frente para todos que conviviam com pessoas em sofrimento mental.

Capítulo 11

Os artistas e os loucos bebem da mesma fonte?

Após conversarem com a equipe que cuida de Cleópatra, a família resolveu apoiá-la sobre voltar aos poucos a essa vida de que sentia tanta falta, ao menos falta de satisfazer a arte de Dani Amorim, que, para muitos, era seu nome artístico. Evitou-se falar das múltiplas identidades e, por isso, não foi uma questão para a imprensa querer investigar. No entanto, falou-se mais de psicose e muitas matérias especiais sobre sofrimentos psíquicos graves começaram a despontar na televisão e em outras mídias. Como se Dani Amorim estivesse abrindo um espaço para outros, como ela, também se sentirem capazes. Sua idade avançada a impedia de fazer *shows* longos e apresentações cansativas, mas isso não estava em pauta. Os novos cantores queriam as composições dela, além de poder gravar em estúdio tudo aquilo que quisesse novamente. A gravadora antiga a quis de volta, pensaram em promover as músicas e apresentá-las ao grande público e Dani Amorim, se estivesse bem, poderia comparecer em apresentações pontuais dessas de fim de ano com artistas consagrados. A ideia de sair da inércia e mostrar sua produção ao mundo novamente já era o suficiente para deixá-la feliz, ainda mais com sua nova banda que era seu carro-chefe e tinha pretensões de avançar com esse projeto. Em todos os momentos, Cleópatra quis conviver bem com suas personalidades, mas nem sempre era possível, e por mais que se esforçasse para mantê-las todas sob controle havia algo que transbordava e não tinha o que fazer, nada além do que aceitar que sua vida é assim. Era um imenso esforço para Cleópatra, mais serena e comedida, deixar-se expor com Dani Amorim, mas sabia que, se não fosse assim, cedo ou tarde estariam se desentendendo novamente e, com tantas experiências negativas, que era melhor conviver bem com os estranhos que habitam nela. Ana Peixoto é mais complicada do que a taciturna Cleo. Antes de mais nada, a defensora da lei queria punir Moacir e os cúmplices dos crimes que ele estaria cometendo na cidade grande do Rio de Janeiro. Nada mais difícil para a família quando a delegada aparecia querendo prender um meliante que há muito não saía de sua cama, em Garanhuns, acometido por doenças graves no coração. Em alguma parte de Cleópatra ainda vivia alguém que gostaria de colocar seu abusador atrás das grades e essa personalidade apareceu como uma mulher cheia de vigor e poder sobre si mesma, além de ser uma autoridade envolvida no combate a crimes contra abusos sexuais. Cleo era uma criança que acreditava estar morta e enterrada, por culpa de seu pai, que deveria a ter defendido de Moacir. Essa personalidade é um espírito que vaga por aí querendo vingança, de certa forma, a infância de Cleópatra foi interrompida. A artista Dani Amorim, com mais presença e tempo com Cleópatra, era a que mais aparecia de maneira controlada, sabendo ir e voltar nos momentos certos e oportunos. Talvez fosse a relação mais bem estabelecida entre essas múltiplas identidades, sabe-se lá o motivo.

Desde criança, Cleópatra amou a música e a expressão artística, sem conseguir seguir esse caminho, então, como seus pais não a incentivaram, imaginou tantas vezes que era uma cantora famosa que sua mente realmente criou a Dani Amorim, era uma persona secreta que estava ali para explorar sua paixão por música no real. Não se tratava de fantasia, a Dani Amorim era real, ao menos para Cleópatra. Ela não teve a oportunidade de aprimorar suas habilidades musicais, somente quando conheceu Marcela. Era uma maneira segura de ver a música como forma de escapar das pressões que a vida lhe impôs, mostrando que a criatividade é livre e tem autenticidade.

Estava perto da primavera quando Marcela recebeu uma ligação de Tiago Freitas, um dos novos nomes da música brasileira. Ele queria interpretar uma música de Dani Amorim e gravar para seus fãs. Jamais imaginou que um cantor novo, que estava arrastando multidões em cada *show* que fazia, se interessaria por uma letra cheia de sentimento e desolação. Sua ideia era tê-la no repertório de um novo disco que faria acústico e resolveram então negociar para que tudo pudesse ser feito até dezembro daquele mesmo ano. Após o primeiro convite, outros muitos chegaram. Entre delírios, surtos mais pontuais e composições de músicas que Cleópatra e suas outras identidades viviam agora.

Em um dos *shows* mais emblemáticos de sua carreira, mesmo com dificuldades de manter-se em pé durante o tempo da apresentação, Cleópatra apareceu no Maracanã, durante campanha que reuniu diversos artistas em prol de arrecadar fundos para crianças e jovens carentes, vestida de Deusa Ísis, que era uma das principais divindades do Egito. A escolha não foi aleatória, quem lembra de Elizabeth Taylor interpretando a personagem sabe que Cleópatra VIII se vestia de Ísis para reforçar sua imagem como uma líder divina, que tinha o poder de se comunicar com os deuses e garantir a prosperidade do Egito. Tratava-se de uma imagem popular entre o povo egípcio e, com isso, ajudou a aumentar sua popularidade e seu poder, consequentemente. O recado estava dado: Dani Amorim não estava morta, ressurgiu das cinzas provando que era boa em resistir e era poderosa. Não tinha uma viva alma que não falasse da *performance* de Dani Amorim no palco, que não deixou a desejar em nada para os mais novos nomes do *mainstream* brasileiro. A ideia de se vestir como Deusa Ísis repercutiu tanto que, posteriormente, ela só daria entrevistas e faria aparições dessa forma.

Quem, na vida, teria a oportunidade de resgatar sua fama pela segunda vez e ainda por cima vir mais forte do que nunca? Talvez fosse sua poderosa voz e presença de palco cativante. Durante as entrevistas, sempre acompanhada das filhas, falava sobre sua jornada como cantora e a importância da música em sua vida e, claro, não esquecia de agradecer a todos aqueles que a ajudam com o tratamento que faz. Muitas pessoas se identificaram com a história de sua vida e se inspiraram em sua coragem e determinação. Sua música e suas palavras tocaram muitos corações e ajudaram a aumentar a conscientização sobre as questões que envolvem a saúde mental e os direitos humanos. Ela sabia que sua paixão pela música e sua luta contra o estigma de quem está em sofrimento mental eram fundamentais para as pessoas enxergarem com olhos menos preconceituosos a vida caminhando junto com a loucura.

A semelhança entre o artista e quem está em sofrimento mental é que ambos exploram o inconsciente muito bem, no entanto, o último não volta: essa frase, lida em algum lugar, não se sabe a autoria, ficou nos pensamentos de Marcela por um bom tempo depois que voltaram do *show* no Maracanã, como poderia Cleópatra ser Dani Amorim, mergulhar fundo nas suas ideias, identidades, oferecer aos seus fãs uma linda apresentação como foi esta última e ainda sim, quando as luzes dos refletores cessavam, não conseguia voltar. Ela ficava no mesmo estado, desconfiava até que acreditava ser Ísis, Dani, Cleo, Ana... Cada casca era usada conforme sua necessidade, mesmo sem saber que necessidade era essa, alguma coisa acontecia dentro dela e assumia personagens como qualquer artista faria para um filme, novela, contudo, a viagem não tinha bilhete de volta, apenas um grande círculo que ia e voltava, podendo até trazer outras identidades, vai saber. Para Marcela, tudo era encantador em sua namorada, os perrengues e o medo do que poderia acontecer ficavam menores quanto mais ela procurava entender o que se passava na vida de alguém com múltiplas identidades. As crises eram tratadas de maneira mais acolhedora e, quando percebia que os delírios poderiam colocar ambas em perigo, tinha com quem contar e passar por esse momento da forma mais natural possível. A arte para Cleópatra era uma maneira de curar o coração partido, os devaneios eram uma maneira de permitir-se voar livre sem as tensões que já a ocupavam demasiadamente.

Os dias de sessão no IPUB eram esperados com ansiedade por Cleópatra, já há algum tempo se tratando, para não deixar cair na rotina, ora ia vestida de Deusa Ísis, ora como Dani Amorim. Ana Peixoto aparecia somente quando não conseguia dar conta das dores das lembranças que Moacir causava em sua memória e precisava de uma mulher forte para lidar com isso. Sempre que Ana Peixoto conversava com o psicólogo de Cleópatra, sabiam que histórias tristes seriam contadas. Cleo também era melancólica, com aquela voz de criança para dificultar ainda mais a escuta do profissional. O fato é que ela aprendeu a deixar suas identidades livres para existirem quando quisessem e percebia que isso a deixava mais tranquila em vez de forçar um controle onde não cabe controlar.

Cismada que a figueira, agora um pouco mais crescida, era uma mangueira, sempre que podia fechava os olhos ao cruzar o pátio até as salas das oficinas. Seus amigos a esperavam com alegria e mais sambas-enredos eram compostos. Enquanto Cleópatra caminhava pelo jardim da área de convivência, seus pensamentos começaram a divagar de novo: *Será que um dia um samba-enredo meu seria gravado em pleno Carnaval?* Questionou-se. Olhou novamente para a figueira e imediatamente se lembrou da experiência traumática do dia da fábrica abandonada. A árvore se transformou em sua mente, tornando-se uma mangueira, e novos delírios foram acontecendo. Sentiu uma onda de medo se aproximando, mas lutou contra ela. Cleópatra sabia que estava mal, mas não conseguia se livrar da sensação de que algo pior estava prestes a acontecer. Cerrou os olhos, mas suas emoções estavam fora do controle. Finalmente, quando abriu os olhos, não havia mais mangueira e sim um pequeno broto de figueira. Começou a escutar um barulho indefinível que, aos poucos, foi tornando-se mais claro: era o som da bateria de uma escola de samba!

Com a ideia fixa de que poderia levar um samba-enredo para a maior festa popular carioca, pediu para Marcela encontrar as pessoas certas a fim de escutarem a música que fez. Para sua surpresa, depois de algumas semanas, uma escola de samba resolveu colocar sua composição para votação e, surpreendentemente, ganhou. O tema proposto naquele ano era sobre o Rio Nilo, as guerras e a comovente ascensão da rainha Cleópatra. Convidaram-na, inclusive, para estar presente em um dos carros principais, onde, vestida de Ísis, dava a ela uma importância única, que precisou ser fragmentada em outras identidades para existir. Não naquele dia de Carnaval histórico, já que o povo todo estava homenageando Cleópatra, situação inusitada para quem viveu uma infância interrompida. O curioso é que Cleópatra, a rainha, recebeu um reino fragmentado pelas antigas ambições familiares e brigas dinásticas da sua família, o que chegou a causar uma guerra. Provavelmente não foi a intenção de Carlos e Soraia quando escolheram esse nome, porém, inconscientemente ou não, o peso do nome teve efeito na vida da filha deles.

Teria Cleópatra dado a volta por cima ao colocar seu transtorno mental em evidência juntamente com sua fama? Aquilo que era causa de dor, angústia e ansiedade acabou se tornando alicerce para sua ascensão novamente como cantora, uma estrela cujo destino parecia ser realmente encantar. Só os loucos sabem.

Os anos se passaram, Cleópatra foi envelhecendo naturalmente. Nunca deixou sua arte de lado, estava presente em todas as oficinas que tinham a ver com música e fora pontualmente, não faltava às sessões e às consultas relacionadas ao seu tratamento. De uns tempos para cá, Cleo estava mais presente do que Dani Amorim, vivendo uma espécie de *looping* da sua infância e dizia que gostaria de voltar ao passado e estar novamente com os pais, Carlos e Soraia, na pacata Garanhuns, ela queria voltar a ser criança para receber cuidado, proteção e carinho. Guardava mágoas que não cicatrizaram, ao ponto de passar a ter alguns delírios sobre estar grávida e que esperava a si mesma e que daria a luz a uma nova Cleópatra, do jeito que os pais queriam: um menino. Chegou a passar meses acreditando que tinha parado de menstruar, não pela idade avançada, mas sim porque carregava um bebê no ventre, além disso, sentia os seios incharem e produzir um líquido parecido com leite. Preocupadas, Marcela, Amora e Renata recorreram ao psicólogo dela, que avisou que alguns medicamentos que estavam sendo usados em maior dosagem eram importantes, mas que poderiam causar esse tipo de efeito colateral. Não havia o que ser feito, apenas embarcar com ela sobre essa ideia fixa, pois, do contrário, ela poderia ficar arredia, entristecida e se fechar.

Eu tive um sonho, doutor. E nesse sonho eu estava dentro de uma caixa de papelão, suja e malcheirosa. Havia dois objetos: um chinelo e um cinto e eu não entendia o motivo até que alguém me encontrava dentro dessa caixa, no meio de uma rua escura, silenciosa. Era a minha mãe e ela me dizia que agora ia ficar tudo bem. Quando eu chegava em casa, meu pai estava fabricando bonecos, na mesa de casa, como uma espécie de esteira de mercado, que iam ser vendidos na feira, no dia seguinte. Todos os bonecos eram meninos e a minha mãe ia colocando cada um dentro de uma caixa de papel brilhante e com um cheirinho bom. Eu ficava dentro da caixa, no sofá, e chorava feito um bebê faminto, eles estavam ocupados para me atender naquele momento e acabei dormindo com fome de mãe e de pai. Contou Cleópatra ao seu psicólogo sobre seu último sonho.

Não chegou a ser uma interpretação difícil, já que os pais dela gostariam de ter filhos apenas do sexo masculino e toda a ideia de caixa como se estivesse representando um útero, onde os meninos tinham um espaço bonito e bem cuidado, enquanto ela estava em um lugar que não só fedia, mas que a fazia lembrar dos objetos que seu pai usava para lhe bater, como o cinto e o chinelo. A atenção estava toda voltada para os meninos, enquanto a menina Cleópatra ficava de fora, sozinha em um canto, com fome de cuidado de pai e mãe.

Esse tipo de sonho ficou recorrente, às vezes se tornava delírios difíceis de serem encarados. Certa vez, cismou que Carlos estava discutindo com Soraia na cozinha de casa, enquanto Marcela preparava seu banho. Ela dizia que estava escutando uma gritaria na cozinha sobre ela, pois os pais estavam brigando pelo fato de sua mãe ter parido uma menina no lugar de um menino, conforme eles queriam. Não adiantou Marcela dizer que elas duas estavam sozinhas em casa e que não havia gritaria alguma. Passou quase a noite toda e a madrugada também chorando porque os pais estavam em conflito.

Nas duas últimas sessões, a equipe avisou à família que Cleópatra estava se sentindo fraca demais para sair de casa e quase não conseguiram ouvir, já que ela aproveitou o tempo para tirar cochilos. Na noite anterior à terceira sessão, antes de ela não conseguir ir mais ao IPUB, Cleópatra desmaiou em sua casa durante o jantar. Amora e Renata estavam presentes e a levaram imediatamente ao hospital Santo Agostinho. Ela tinha sofrido um AVC e sua situação de saúde estava inspirando cuidados especiais devido à sua idade. Os jornais fizeram uma pressão para as irmãs darem uma entrevista, que acabou sendo concedida e explicaram o que havia acontecido com Dani Amorim/Cleópatra. Os fãs e os familiares esperavam a pronta recuperação dela o mais rápido possível e ela voltou para casa, precisou realizar fisioterapia e fonoaudiologia para melhorar tanto a coordenação motora quanto a fala, que ficaram prejudicadas. Seu corpo já bastante abalado com o tempo, não chegou a se recuperar totalmente.

Seu psicólogo entendeu que fora um movimento inconsciente aquele AVC, uma maneira que ela encontrou de voltar a ser criança, sem os movimentos coordenados (como um bebê) e precisando aprender a falar novamente, isso lhe daria tempo com a família e receberia os cuidados de que precisava para manter-se viva, assim como um bebê precisa de uma figura acolhedora que está ali, despendendo tempo e afeto para mantê-lo vivo, já que sua sobrevivência era exclusivamente responsabilidade do outro, nessa fase.

Apesar dos esforços médicos do Hospital Santo Agostinho e de todo o cuidado que tiveram, Cleópatra faleceu em sua casa, meses depois do ocorrido, em sua cama, repetindo a palavra "**acusa**". Suas filhas e Marcela ficaram arrasadas com a perda, pois pensaram que ela sairia dessa conforme o tempo ia passando e realizando todos os exames e consultas necessárias para sua evolução. Durante os últimos dias de sua vida, conversava que estava vendo seus pais Carlos e Soraia com alguma frequência dentro de seu quarto, o que apavorava alguns e entristecia outros. Ficou a dúvida se era um delírio ou se os pais, para quem acredita em espíritos, estavam ali mesmo para levar a filha para um lugar de paz. Foi um momento difícil para a família de Cleópatra, mas tiveram a oportunidade de refletir que ela teve uma vida boa e se uniram para apoiar uns aos outros nesse momento de luto e honrar a memória da matriarca, que sempre será lembrada como uma pessoa amorosa e carinhosa. Os fãs fizeram grandes homenagens também.

Cleópatra, Dani Amorim, Cleo e Ana Peixoto tiveram uma vida boa apesar dos percalços no caminho de sua existência, nem todo mundo que sofre com transtornos mentais vive como ela: amparada e cuidada. Sua psicose a fez viver em um mundo próprio, criado para dar conta de suas dores e angústias. Suas dificuldades no caminho não foram fáceis de serem absorvidas, assim como qualquer um que vive em sofrimento mental. Quem sabe essa história toque o leitor de maneira ímpar e traga reflexões sobre como é importante buscar ajuda aos familiares que possuem vidas parecidas com as de Cleópatra.